目次

※この作品は竹書房文庫のために
書き下ろされたものです。

第一章　憧れ美熟女に接近

1

人間は生まれるときに母親の産道、すなわち膣《ちつ》を通って出てくる。男であればすでにペニスがあるのだから、その段階でセックスを体験していると言えまいか。

すなわち、帝王切開でこの世に誕生した者を除けば、男は生まれつき童貞ではないのだ。

休日の朝、蒲団《ふとん》から出るのを億劫がってごろごろしながら、梶《かじ》木亮一《きりょういち》は気色の悪い理屈を頭の中でこね回した。それだと初体験の相手が母親で、バリバリの近親相姦になるのを屁とも思わずに。

そんなことを考えるのは、亮一が二十四歳で未だ童貞だからである。彼女いない歴イコール年齢で、キスすらも知らない真《ま》っ新《さら》なチェリーだ。

たとえば友人との会話で、セックス経験の有無が話題になると、ガキじゃあるまいし、くだらない話しかできないのかと、彼はいつもあきれて肩をすくめる。超然とした態度を示しつつ、実は未経験がコンプレックスで、胸の内で悔し涙を流しているのは秘密であった。

ならば風俗に行くか、出会い系アプリで援助を求める女の子を漁《あさ》るかして、さっさと童貞を捨てればいいようなもの。しかし、お金でセックスを買うのは最後の武器だと、亮一は決めていた。我々は誇り高き童貞部隊なのだからと。

そんな意味のないこだわりも、彼の初体験を遠ざけていたと言えよう。

ともあれ、彼女がいないから、せっかくの休日もやることがない。昨夜の前夜祭だって、コンビニで買った惣菜を肴《さかな》に発泡酒を飲んだあと、コレクションのエロＤＶＤからお気に入りをチョイスして自家発電に励み、果てたあとはシャワーも浴びずに寝てしまったのである。

ここはマンションとは名ばかりの、１Ｋの古い賃貸物件。いかにも独身男の住まいという景色だ。

蒲団の脇に転がる丸めたティッシュは、寂しい男のメタファーか。室内にはおつまみのスルメみたいな、独特の香気が漂っていた。

こんな散らかっていてイカくさい部屋に女性が入り込んだら、百年の恋だって冷めてしまう。童貞を捨てたいのであれば、まずはそこから改めるべきなのに、亮一は現状を良しとして変えようとしなかった。自分らしくありたいという意味をはき違え、他者の意見を頑《かたく》なに受け入れなかったのである。

それは童貞という劣等感のせいで、今にもガラガラと壊れそうなか弱いプライドを、懸命に保持するための策でもあった。

（そろそろ起きようかな……）

枕元の目覚まし時計を見れば、時刻はすでに午後一時を回っている。いくら休日でも惰眠を貪《むさぼ》りすぎだ。

企業戦士で、普段から忙しく飛び回っているのなら、たまの休みにゆっくりするのは許されるであろう。ところが、亮一の勤め先は映像制作会社で、出勤や退勤時刻はそのときの仕事内容で変わる。フレックスと言えば聞こえがいいが、そもそもが自由業の集まりみたいな業界のため、かなりいい加減なのだ。

よって、残業だってあるようなないような、微妙なところである。深夜まで編集や録音を手伝うなど、仕事に追われることはあっても、そういう場合、取りかかるのは夕方からだったりする。企業戦士とはほど遠い。

しかも彼は、入社二年目のまだぺーぺーである。仕事は雑用ばかりで、日々あれをやれ、これを片付けろと上から命令され、奴隷のごとく扱われていた。

そういう意味では、仕事に忙殺されていると言えなくもない。

とは言え、責任を負わされる心配のない立場だから、こき使われても気楽なものだ。いずれ自分もディレクターになって部下をこき使ってやると、ちっぽけな野望を胸に日々を送っている。

(ていうか、こんなはずじゃなかったんだよな……)

亮一は進路を決定するに至った過程を、つらつらと振り返った。

地元の高校を卒業し、上京して入った大学は、ごく平凡なレベルのところだ。学部は社会学部。教員免許の取得は可能だったが、他に特別な資格やスキルは得られない。今の仕事ともまったく関係がなかった。

映像制作に興味が湧いたのは、映画サークルに入ったことがきっかけだった。それにしたところで、最初からそこと決めていたわけではない。映画を観るだけなら気楽だろうと、楽して愉《たの》しみたい気持ち優先で入部したのだ。

それに、可愛い女の子もけっこういた。大学時代に脱童貞と、亮一は意気込んでいたのである。

そのサークルでは映画を観て感想を述べるという活動の他、簡単なビデオムービーの制作も行っていた。亮一はそっちに参加するつもりはなかったのだが、同期のメンバーに頼まれて手伝ったところ、撮影や編集の面白さに目覚めたのである。

以来、卒業するまでに十本以上の作品を撮った。

映像関係の仕事に就きたいと考えるようになったのは、就職活動を始めて間もなくだった。もともと安定志向の人間だから、公務員になるつもりでいたのだ。

しかし、そちらはめっぽう狭き門である。試験に受かるのも難しい。

だからと言って、楽な道に逃げようと考えたわけではない。今や何が起こるかわからない世の中だ。真に安泰な道など、あって無きが如し。

ならば、好きなことをするほうが、充実した人生を送れるはず。

今の会社に決めたのは、サークルの先輩に勧められたからだ。知り合いを優先的に採用するところのようで、あっさりと就職先が決まった。

未だ下っ端だから、撮りたいものを撮れるようになれるのは、まだまだ先である。こき使われながらも技術を磨き、いずれカメラを任され、演出もできるようになりたい。そして、好きなアイドルのミュージックビデオや、全国に流れるＣＭを手がけるのが、亮一の夢だった。

その前に、彼女をつくって初体験をするのが、最優先事項だが。

だったら、生活からきちんと立て直すべきであろう。いつでも異性を招けるように、部屋も綺麗にしたほうがいい。

そう考えることで、いくらか前向きになる。起きて腹ごしらえをしたら掃除をしようと、ようやく蒲団から這い出したところで、
ピンポーン――。

ドアの呼び鈴がやけに大きく響く。装備もすべて古いから音量調節ができず、これが鳴るといつもびっくりする。

(誰だよ、こんな早い時間に)

昼過ぎだから全然早くないのに、胸の内で文句をたてる。どうせ何かの勧誘だろうと、亮一はズボンも穿かずに戸口へ向かった。その格好を見れば、敵も長く粘ることなく退散すると考えたのだ。

そして、誰なのかを確認することなく鉄製のドアを開けるなり、声を出せずに固まってしまう。

「ちょっと、なんて格好してるのよ!?」

綺麗な顔が、眉間にシワを刻んでいる。亮一は我に返り、

「お、叔母《おば》さ――」

言いかけたところで、ギロリと睨《にら》まれてしまった。

「あ、えと、恵理子《えりこ》さん……」

「恵理子さんじゃないわよ。さっさとズボンを穿きなさい」

命令され、慌てて部屋にとって返す。突然の訪問者は、亮一の母方の叔母である、神林《かんばやし》恵理子であった。

2

亮一の母は、四十代の半ばである。早くに結婚して子供を産んだから、社会人になった息子の母親としては若いほうだろう。

その妹である恵理子は、現在三十三歳だ。年の離れた姉妹で、亮一の母親とはひと回りも違う。

一方、甥《おい》の亮一とは九つしか違わない。叔母と甥というよりも、姉と弟のほうがしっくりくる年齢差であった。

実際、亮一は物心ついたときから、恵理子を「お姉ちゃん」と呼んで慕っていた。その頃には彼女も思春期を迎えており、母性も目覚めたのか、幼い甥っ子の面倒をよくみてくれた。

当時住んでいたのは東北に近い、関東の外れに位置する田舎《いなか》町だ。亮一の母の実家である梶木家に、祖父母と両親、恵理子、そして亮一の六人が暮らしていた。

田畑があり、家業を継ぐという意識が強く残る土地柄である。そのため、ふたり姉妹の長女である亮一の母が、若くして婿《むこ》を取った。

もっとも、農業の担《にな》い手であった祖父が還暦を目前にして亡くなると、祖母の一存で田畑は他の農家に貸し、家を継ぐ必要はないという話になった。だからこそ、ひとり息子の亮一が、上京することも許されたのである。

恵理子は高校卒業まで実家で暮らし、県南部の大学に入学したのを機に独り暮らしを始めた。そのとき小学生だった亮一は、彼女がいなくなるのを寂しがり、めそめそと泣いた。厳しく叱られることもあったけれど、お姉ちゃんが大好きだったのだ。

それでも、同じ県内だから、長期の休みになれば帰ってくる。亮一はそれを心待ちにした。

とは言え、彼もそろそろ異性を意識し出す年頃である。恵理子が帰ってきても、昔のようにべたべたとまつわりつくことはない。照れくささが先に立ち、素っ気ない態度を示すこともあった。

　そうなったのも無理はない。彼女は亮一にとって初恋の相手であり、ずっと憧れ続けている女性だったのだ。自然に接するのは、簡単なことではない。

　身内のひいき目ではなく、恵理子は綺麗だった。十代のときは近所でも評判の美少女であり、数多《あまた》の少年たちから交際を申し込まれたという。

　大学に入ると、美貌にますます磨きがかかる。恵理子が帰省したとき、亮一がかつてのように近づけなかったのは、彼女があまりに眩《まぶ》しすぎて、近寄り難かったためもあったのだ。

　恵理子のほうは、美しさを鼻にかけることはなかった。弟みたいな甥っ子を変わらず可愛がろうとしたし、逃げる彼を追いかけて羽交い締めにするなど、無邪気に振る舞った。

　そんなとき、亮一はやめろよと抵抗しながらも、背中に当たるおっぱいの柔らかさや、甘くていい香りに心をざわめかせたのである。

　しかし、それが性的な昂奮《こうふん》を呼び覚ますことはなかった。まだ子供だったのだ。

　彼が性欲を持て余し、オナニーが習慣になったときには、恵理子は大学を卒業し、社会人になっていた。就職したのは東京の会社で、そのために帰省する機会がぐんと減った。

亮一少年は激しく後悔した。恵理子が前に帰省したとき、なぜ親密な関係を築いておかなかったのかと。スキンシップを求められたときも抵抗せず、彼女の柔らかなからだや甘い香りを、じっくり堪能すれば良かったのだ。

実は一度だけ、本気なのか冗談なのか、一緒に風呂に入ろうと誘われたことがあった。そのとき、嫌だと即答したのは、もちろん恥ずかしかったからである。大人の女性の、ナマのヌードを拝める絶好のチャンスを、自らふいにしたのだ。

では、もっと幼い頃、恵理子が中高生の頃はどうだったかと振り返れば、一緒に入浴した記憶はない。どうやら彼女自身が、ティーンの恥じらいから肌を晒《さら》さなかったようだ。実際、下着姿すら目にしたことはなかった。

つまるところ、一世一代の機会を、亮一はみすみす逃したわけである。この点は、今に至るも一生の不覚として、彼の胸に深く刻みつけられている。

亮一が中学高校と勉学に励み、東京の大学への進学を目指したのは、恵理子の近くに行きたかったからだ。その一心で学生生活を送ったから、他の女子に目移りすることはなかった。

まあ、仮に好きな子ができたところで、彼の性格では告白など叶《かな》わなかったであろう。身内の恵理子にすら、普通に接することができなかったのだから。

かくして、一流大学は叶わなかったものの、そこそこのレベルのところに合格できた。これから薔薇《ばら》色の学生生活が待っていると、浮かれ気分で上京し、久しぶりに恵理子に再会したとき、彼女の横には見知らぬ男がいた。

『紹介するわね。わたしがお付き合いしている──』

それから何がどうなったのか、亮一はほとんど憶えていない。あまりのショックで、思考も肉体もフリーズしたからだ。

亮一とて、甥と叔母の関係で、結婚が許されないことぐらい知っていた。そもそも九つも年下だし、恵理子にとって自分は、弟みたいな甥っ子でしかない。恋愛対象にはなり得ないのだ。

そうとわかっても一緒にいたい、せめて近くで暮らしたいという気持ちは打ち消せなかった。ところが、上京してすぐに、その希望は木っ端微塵《こっぱみじん》に砕け散った。

大学に入った亮一が、学問への意欲をなくしたのは、長年の恋が終わったこととも無関係ではなかったろう。映像制作の面白さに目覚めなかったら、今以上に怠惰《たいだ》な日々を送っていたはずだ。

　恵理子は四年前、三十路《みそじ》を迎える前に結婚した。相手は上京したときに紹介された男である。真面目な付き合いだったとわかって安堵したし、その頃には失恋の傷も癒《い》えていた。結婚式に出席した亮一は、これまでで一番綺麗で、幸せいっぱいの叔母を、心から祝福したのである。

　新婚夫婦の住まいは、多摩地区の閑静な住宅街にある、小さな一戸建てだ。そこは亮一が通っていた大学や、当時から変わらず住んでいるこの古い賃貸マンションと、二駅しか離れていなかった。

　そのため、夕食に呼ばれるなどして、叔母宅を何度か訪れたことがあった。また、恵理子のほうも、真面目に勉強しているのかどうか確認するためにと、いきなりやって来たことが大学時代にはけっこうあった。

　さすがに亮一が就職してからは、彼女もマンションに来るときには、事前に連絡を寄越すようになった。そのため、完全に油断していたのである。

「まったく、部屋も散らかり放題じゃない。お蒲団も敷きっぱなしだし、ちゃんと干してるの?」

　亮一が大急ぎでズボンを穿くあいだに、恵理子は勝手に上がり込んできた。室内を見回し、眉をひそめてお説教をする。

「いや、敷きっぱなしなんじゃなくて、今まで寝てたから」

弁明すると、叔母が眉を吊り上げる。

「今、何時だと思ってるの？　いくらお休みでも、だらしなさすぎるわ」

墓穴を掘ってしまい、まずいと首を縮める。そのとき、彼女が鼻をヒクヒクさせたものだから、亮一は焦った。昨晩の自慰の名残に気づいたかもしれない。

急いで窓を開け、蒲団を抱えてベランダに出る。部屋に戻ると、丸めたティッシュを拾い集めた。出しっぱなしの本や雑誌、ＤＶＤなども棚に収める。

その間、恵理子は腕組みをし、甥っ子の行動を監視していた。

同じようなことは、ずっと昔にもあった。幼かった亮一がオモチャを出しっぱなしにしていると、彼女は片付けなさいと険しい顔で命令し、終わるまで同じように見張っていたのだ。

（つまり、おれはあれから成長していないってことなのか……）

軽く落ち込みながらも片付けを終え、「終わりました」と報告すると、恵理子が頬を緩めてうなずく。これもあの頃と一緒だった。

「よくできました」

厳しいことを口にしても、あとで必ず笑顔を見せてくれる。彼女のそういうところも、亮一は大好きだった。

「起きたばかりってことは、朝も昼も食べてないの？」

「うん、まあ」

「じゃあ、あとで何か作ってあげるわ。その前に、大切な話があるのよ」

やけに改まったふうな口振りだったから、亮一も何事かと気になった。とりあえず座布団を出して勧めると、そこに恵理子が坐る。

今日の彼女の装《よそお》いは、ジーンズにゆったりしたシャツと、至ってシンプルだ。もっとも、普段からこんな感じで、そもそも着飾りたがるタイプではない。

まあ、甥っ子を訪問するのに、わざわざお洒落《しゃれ》をする必要はないと考えたのかもしれないが。

「ええと、大切な話って——」

話を切り出そうとしたものの、

「ところで、亮一の会社って、業績はどうなの？」

質問で遮《さえぎ》られたものだから、亮一は目をしばたたかせた。

「業績……いや、まあ、普通だと思うけど」

「普通ってことは、悪くなってないの？　不景気なのに」

「今のところ需要があるみたいだし。もちろん営業とか、作品の向上とか、努力しているところが大きいと思うけど」

「そっか……」

なるほどという顔でうなずいた恵理子に、今度は亮一が質問しようとした。

「どうして叔母さんがウチの会社のこと——」

途中で言葉を失ったのは、彼女に睨みつけられたからだ。

「またオバさんなんて」

「ご、ごめん」

亮一は肩をすぼめて謝った。

実際に叔母と甥の関係なのだから、呼び方としては正しいのである。だが、おそらく恵理子は、血縁関係としての「叔母さん」ではなく、年配女性を揶揄《やゆ》する「オバさん」のほうに聞こえて、不機嫌になるのだろう。

亮一とて、ずっと「お姉ちゃん」と呼んでいたのだ。けれど、人妻になった彼女にはそぐわないし、かえって照れくさい。そのため、結婚後に「叔母さん」と呼び方を変えたものの、受けつけてもらえなかった。

仕方なく名前で呼ぶことにしたのであるが、たまに好まれないほうの「叔母さん」が、意識せずに出ることがあった。そのたびに睨まれてしまうのだ。

「恵理子さんがどうして、ウチの会社のことを気にするの？」

甥っ子の将来を心配してなのかと思ったが、どうやら違ったらしい。

「亮一の会社がってわけじゃなくて、世間的な動向を知りたかったのよ」

恵理子の返答は、無理なこじつけにしか聞こえなかった。そんなものは日々のニュースを見ていればわかるはず。質問の真意は他にありそうだ。

すると、彼女がやり切れないというふうにかぶりを振る。大袈裟《おおげさ》にため息をつき、肩を落とした。

「ウチの旦那の会社は、正直業績がよくないのよ。べつに、今日明日にも潰れるってほど深刻じゃないんだけど、支社の統合とか、早期退職の募集やリストラもあるし、昇給とボーナスも抑えられているのよ」

恵理子の夫は、全国的に知られた企業に勤めている。そういうところでも厳しいのかと、亮一は改めて不景気の底深さを実感させられた。

その一方で、

（結局、ヘタに安定を求めないで、好きな仕事を選んだおれは、正しかったたってこと

なんだな)

などと、胸の内で自画自賛する。そもそも公務員は望み薄だったし、大企業の内定がもらえるほど成績もよくなかったくせに。

「それじゃあ、恵理子さんも就職するの？」

ふと思いついて訊ねる。彼女は専業主婦のはずだが、今後のことを考えて仕事を探すつもりなのかと思ったのだ。

(あ、だからウチの会社の業績を訊《き》いたのかも)

どうせなら、甥っ子と同じところで働こうと考えて。喜びかけたものの、それは早合点であった。

「ううん。ウチの旦那は、わたしに専業主婦でいてほしいのよ。今どき珍しいんだけど、男は家族を養うって意地があるみたいで」

「でも、ひょっとしたら、恵理子さんを外に出すのは心配なのかも」

「どうしてよ？」

恵理子がムッとする。危なっかしくて外の仕事はさせられないという意味に捉えたようだ。

「旦那さんとしては、美人の奥さんを外に出したくないと思うよ。他の男に言い寄られるんじゃないかって心配だから」

「あら」

一転、機嫌を直し、白い歯をこぼす。単純だなと思いつつ、亮一は密かにときめいた。彼女の笑顔が、たまらなく愛らしかったからだ。

(変わってないな……)

もちろん、少女時代と比較すれば、ずっと大人である。人妻ゆえなのか、成熟した色気も感じられる。

それでも整った顔立ちとか、気立ての良さとか、ひと懐《なつ》っこくて優しいところとか、基本となる部分は昔のままだ。肌だって綺麗だし、今はナチュラルメイクのようだが、十年前と比べても見劣りしまい。

「亮一も大人になったのかしら。口がうまくなったわね」

恵理子の言葉に、亮一はお世辞じゃないと反論したくなったが、やめておいた。どうしてムキになるのかと、訝《いぶか》られる気がしたのだ。

(おれ、今でも恵理子さんのことが――)

かつてのように、胸が締めつけられるほど恋い焦《こ》がれてはいない。だが、自分にとってはナンバーワンの存在であり、彼女を超える女性に、亮一は未だに巡り会っていなかった。

「まあ、そんなことはいいんだけど、正直、今のままだとわたしも心配なのよ」

不意に弱気な面差しを見せた恵理子に、亮一は我が事のように気を揉んだ。

「心配って？」

「収入が減ったぶんは、家計をやりくりしてどうにかなるんだけど、それがこのまま続くとなると困るじゃない。家のローンだって残ってるし、子供ができたら支出はもっと増えるわ。将来のために貯金したくても、そこまでの余裕はないし」

要は金銭面の不安を抱えているわけだ。そんなことよりも、『子供ができたら』という言葉に、亮一はドキッとした。

子供ができるとは、すなわちセックスをするという意味である。恵理子は結婚しているのだから、当然ながら夫婦の営みはあるはず。しごく当たり前のことなのに、心臓が不穏な高鳴りを示した。

（そうか……恵理子さん、旦那さんとセックスしてるんだ）

今さらそんなことで胸を痛めたのは、これまで意識して考えないようにしていたからだ。なのに、子作りの話題を出されたために、その事実を受け入れざるを得なくなったのである。

喉のあたりに嫌なものがこみ上げる。どうにもならないとわかっているぶん、余計にやり切れなかった。

「どうかしたの、亮一？　怖い顔しちゃって」

声をかけられて我に返る。いつの間にか、しかめっ面《つら》になっていたようだ。

「ああ、べつに」

即座に取り繕《つくろ》うと、恵理子が身を乗り出してきた。

「それでね、わたし、お金を稼ごうと思ってるの」

「だけど、旦那さんは反対してるんだろ？」

「外で働くことはね。だから、家でするのよ」

「するって何を？」

「動画配信よ。あれ、素人でも評判になれば登録者数が増えて、お金がたくさんもらえるんでしょ？　小学生のなりたい職業でもトップになってるみたいだし、わたしもやってみようと思って」

表情を輝かせる彼女とは裏腹に、亮一はまたも眉間に深いシワを刻んだ。

ネットの動画サイトに自身のチャンネルを開設し、再生数を稼いで広告収入を得ることを生業《なりわい》にする者が増えている。素人だけでなく芸能人、文化人も参入し、今や玉石混淆《ぎょくせきこんこう》どころか、ほとんどカオス状態と言えよう。

人気が出て何百万回と再生されれば、億単位の収入を得ることが可能なのは確かだ。しかし、それは全体の一部でしかない。むしろ見る者が少なく、埋もれてゆく動画のほうが断然多い。

浮かれた口振りからして、恵理子は動画をアップロードすれば、簡単に収入が得られると思っているらしい。そんなことが可能だったら、世の中金持ちだらけになり、不景気など消し飛んでしまう。

「いや、たしかにお金を稼ぐひとはいるけど、簡単なことじゃないよ」

やんわりたしなめても、彼女は怪訝《けげん》な面持ちを見せるだけであった。

「だって、たくさんのひとがやってるみたいじゃない」

「だからこそ、稼げる人間はごく一部だよ。有名なタレントでも苦戦している例なんて、いくらでもあるんだから」

「え、そうなの？」

「あと、動画配信で有名なひとは、だいたい個人じゃなくてスタッフを抱えてるんだよ。企画から撮影から大勢に協力してもらって、週に何本も動画をアップするから、みんなに見てもらえるんだ。それに、今じゃ動画配信をするひとたちのプロダクションだってあるんだし。結局、多額のお金が絡むところには、いろんなものが群がって複雑になるんだよ」

「へえ……」

「恵理子さんはひとりでやろうとしているみたいだけど、それって荒海に手漕ぎボートで乗り出すのといっしょだね」

お説教じみたことを口にすると、恵理子は気分を害したらしかった。

「誰がひとりでやるって言ったのよ？」

眉をひそめて告げられ、「え？」となる。

「亮一は映像制作の会社に勤めてるんだし、撮影とかお手の物でしょ。世話になった恩返しをするつもりで、わたしに協力しなさい」

もともとそのつもりだったのか、それとも話を聞いてひとりでは無理だと判断したのか。ともあれ、勝手にスタッフに加えられ、亮一は啞然となった。

「協力って……ひょっとして、おれに撮影をさせるつもりなの？」

「撮影もそうだし、編集も必要でしょ。あと、どんな動画を撮ればいいのか考えてもらいたいし」

それではほぼ全部ではないか。会社でもそうなのに、身内にまで雑用を押しつけられてはたまらない。

（ていうか、恩返しってなんだよ？）

幼い頃、面倒を見てもらったのは事実ながら、それは家族なら当たり前のことではないのか。まして二十年も経ってから、昔の話を持ち出されても困る。

「じゃあ、恵理子さんは何をするの？」

「もちろん出演よ」

得意げに胸を張る叔母に、亮一はやれやれとあきれた。

（そりゃ、たしかに恵理子さんは美人だけど……）

それを鼻にかけているわけではないにせよ、見た目がよければ再生数が稼げると、安直に考えているのではないだろうか。

実際のところ、可愛い女の子が出ている動画は、視聴されやすい傾向がある。しかし、重要なのは内容だ。それが伴わないと、たちまち飽きられてしまう。

「あのさ、動画配信で稼いでいるひとって、断然男のほうが多いよね。見た目は大したことなくて、ごくフツーのあんちゃんなのに見てもらえるっていうのは、動画の内容が視聴者の興味を惹《ひ》くからなんだよ」

「うん。それで？」

「恵理子さんは、どんな動画をアップしようと思ってるの？」

「それは……お料理とか、家事の様子とか」

そんな動画は、掃いて捨てても次々と湧いて出るほどにある。突飛なことを思いついたつもりでも、すでに先んじる者がいる世界なのだ。凡庸なネタで通用させるには、かなりの付加価値がないと無理である。

亮一が難しい顔をしていたものだから、恵理子もそれでは駄目だと悟ったらしい。

「じゃあ、女性が再生数を稼ぐには、どうすればいいのよ？」

「まあ、ありきたりじゃない内容と、あとはお色気かな」

特に他意もなく言ったところ、彼女の顔色が変わった。

「なによ、お色気って⁉」

「え？　あ――」

「つまり、わたしに素っ裸で料理を作れってこと？」

もちろんそんなことは言っていない。そもそも、そんなことをしたら利用規約に違反して、動画を削除されてしまう。

亮一がお色気なんて口をすべらせたのは、たまたま最近目にした動画に、そういうものがあったからなのだ。

とは言え、べつにヌードが出てきたわけではない。経歴はよく知らないが、愛らしい若い女性が、生理やデリケートゾーンの痒みなど、下半身に関する悩みを赤裸々に語る動画であった。しかも、ミニスカートを穿いた下半身を、時おり意味もなく挿入しながら。

再生回数が二十万回を超えていたから、かなり人気のある動画のようである。他にも女医が自慰行為について講義するなど、美人が露骨な話をするものは、総じてよく見られているらしい。コメント欄を見ても、視聴者は断然男が多い。

そんなことが頭にあったものだから、色気が必要かもと言ってしまったのだ。

「いや、公序良俗に反する動画は削除されちゃうし、あくまでも傾向として、女性の動画に男が期待するのは、ちょっとエッチなものだってことだよ。同性に見てもらいたいのなら、もちろんそんなものは必要ないけど」

説明しても、恵理子はまだ合点がいかないふうだった。

「K－POPなんかは日本に限らず、世界的に人気だけど、あれだって美人が綺麗な脚を露出して、セクシーなダンスを披露するからだろ。それと同じことさ」

単なる偏見を事実っぽく告げると、彼女がなるほどという顔を見せる。もしかしたら、同じように感じていたのかもしれない。

「たしかに男は、お色気を好むものね」

蔑《さげす》むような眼差《まなざ》しを向けられ、亮一は肩をすぼめた。

「お色気か……だったら、調査が必要ね」

恵理子の言葉にきょとんとなる。

「え、調査って？」

「わたしは女だから、男がどういうものを好むのかわからないもの」

彼女がすっくと立ちあがる。何をするつもりなのかわからなかったから、動き出しても亮一はただ見守るだけであった。

ところが、断りもなく押し入れを開けられ、さすがに動揺する。

「ちょっと、何やって」

焦って止めようとすると、キツい眼差しで振り返られた。

「わたしは姉さん――亮一のお母さんから、ひとり息子が東京で真面目に暮らしているか監督して欲しいって頼まれてるのよ。だから、亮一の生活をくまなくチェックする必要があるの」

学生時代ならいざ知らず、すでに社会人になっている成人男子に対して、明らかにやり過ぎである。むしろ人権とプライバシーの侵害だ。

亮一はもちろん抗議しようとした。ところが、恵理子が膝をつき、身を屈めて押し入れの下側を捜索しだしたものだから、言葉を失う。

なぜなら、ジーンズのヒップが、目の前に突き出されたからである。

（……ああ、素敵だ）

硬い布が今にもはち切れそうな丸みを、縦の縫い目が左右に分断する。芸術作品を思わせるフォルムは、一方で女の色香も匂い立たせていた。

何よりくっきり刻まれた、股間のシワが卑猥すぎる。未だ実物を目にしたことのない秘め園の佇《たたず》まいを、想像せずにいられなかった。

おかげで、海綿体に血液が殺到する。

（――って、何を考えているんだよ）

叔母の着衣尻に劣情を催《もよお》していることに気がつき、亮一は自らを叱った。不謹慎だと思いつつも、魅惑の豊臀《ほうでん》から目が離せない。

（恵理子さん、けっこうおしりが大きいんだな……）

こんなふうにヒップラインを凝視するのは初めてなのだ。

昔から知っている憧れの女性とは言え、一緒に暮らしたのは彼女が高校生のときまでである。女らしく成長したあとはたまにしか会えず、会えたとしても美しさに気後《きおく》れして、まともに見られなかった。

よって、肉体の熟れ具合など知るよしもなかったのだ。

いかにもモチモチしていそうな双丘に触れたい、いっそ顔を埋めたい。こみ上げる欲求と戦っていると、恵理子が押し入れから段ボール箱を引っ張り出した。

（あ、まずい）

亮一は現実に引き戻された。その中には、絶対に見られたくないものが入っていたのである。

「やめてよ。プライバシーの侵害だよ」

開けられる前に言葉で制止すると、彼女が振り返る。

「今さらなによ。そもそも亮一が、動画を見てもらうにはお色気が必要だって言ったんじゃない」

「い、いや、だからって――」

「この箱に、エッチなものが入ってるのはわかってるの。男性が何を好むのか調査するんだから、亮一も協力しなさい」

言われて、頬が熱くなる。

（いや、知ってたのかよ！）

恵理子が取り出した箱には、これまで亮一が自慰のお供に使用したDVDやコミック、写真集や雑誌が入っている。あれこれ買い求めて、飽きたらすぐに処分したが、気に入ったものは手元に置き、何度も使った。DVDも基本はレンタルでも、これはというものに巡り合ったときは、あとでネットの通販を利用して購入した。

それらはすべて独り暮らしを始めて以降、すなわち大学に入ってからのコレクションだ。どうやら以前にこの部屋を訪れたとき、彼女は発見していたらしい。それがいつなのかはわからないし、確認したくもなかった。

「あら、だいぶ増えてるわね」

箱を開けるなり、恵理子がつぶやくように言う。少しも躊躇《ちゅうちょ》することなく中に手を入れ、めぼしいものを漁りだした。

(ああ、やめてくれよ)

亮一は居たたまれなくて、身悶えしたくなった。

他人にオカズコレクションを物色されて、平気でいられるはずがない。ましてて、ずっと憧れていた女性にだなんて。これ以上の羞恥プレイがあるだろうか。

そもそも、エロの趣味は千差万別。男によって違うのだ。ひとりのコレクションから、全体的な傾向を摑《つか》むのは不可能である。

そんなことぐらい、彼女にだってわかるはずだ。三十三歳と大人であり、結婚もしているのだから。

もしかしたら、調査というのは単なるこじつけで、甥っ子の性的嗜好《しこう》を暴こうとしているのではないか。そんな疑念を抱いたとき、

「え？」

恵理子が驚きを含んだ声をあげたものだから、亮一はドキッとした。そして、彼女が取り出したものを目にするなり、激しく動揺する。

（ままま、ま、まずいっ！）

それはＤＶＤであった。もちろん18禁アダルトで、タイトルは『ボクのいやらしすぎる叔母さん』という直球すぎるものだ。そのシリーズ全三作を手にして、恵理子は唖然とした顔を見せている。

「……亮一って、こういうのが好きなの？」

独りごちるように問いかけ、横目で睨んでくる。その目に軽蔑の色が浮かんでいる気がして、亮一は死にたくなった。

（ああ、絶対に誤解された）

甥っ子からいやらしい目で見られていると、恵理子は確信したであろう。しかし、

現実では許されないとわかっていたからこそ、虚構のエロに自身を投影させ、せめてもの慰めにしていただけなのだ。

もっとも、同じシリーズが三枚もあったら、どんな言い訳も通用しまい。

恥ずかしくて、情けなくて、瞼《まぶた》の裏が熱くなる。目の前がぼやけ、叔母の姿が滲《にじ》んだみたいになった。

「え、ちょっと」

驚いた声で、亮一は気がついた。自分が涙をボロボロとこぼしていることに。

男のくせに、しかもいい大人が泣くなんてみっともない。そうとわかっていても涙が止まらず、ますます情けなくなって涙腺が緩んだ。

全身から力が抜け、何もかもどうでもよくなる。このまま溶けて消えてしまいたいと思ったとき、柔らかなものにからだを包まれた。

「ごめん。やりすぎちゃったみたいね」

耳元で優しい声がして、恵理子に抱きしめられたのだとわかった。続いて、甘ったるいかぐわしさにもうっとりする。

（恵理子さんの匂いだ……）

昔嗅いだときと、少しも変わっていない気がする。

おかげで、涙はすぐに引っ込んだものの、泣いてしまったことが恥ずかしくて、なかなか顔をあげられない。それを察したのか、彼女が身を剝《は》がすことなく、背中をさすってくれたのが嬉しかった。

(やっぱり恵理子さんは、最高の女性だ)

その思いを新たにし、叔母にすべてを委《ゆだ》ねる。そのまま、どれほど経過したであろうか。夢見心地の気分にひたっていたため、亮一は時間の感覚を失っていた。

「あのね、わたしも悪かったんだけど、亮一は男の子なんだから、泣くのはなるべく我慢しなさい」

恵理子の囁きが、鼓膜に甘く響く。幼子を諭すような口調に、むしろ素直な気持ちになれた。

「うん……わかった」

答えると、「いい子ね」と言われる。子供扱いされても嫌ではなく、ますます甘えたくなった。

「ねえ、ひとつだけ教えてくれる?」

「うん、なに?」

「亮一は、わたしのことをどう思ってるの?」

言い回しは曖昧《あいまい》ながら、それは核心を突く質問であったろう。甥っ子が叔母もののアダルトDVDを持っていたことが、やはり気になるのだ。

どう答えればいいのかと、亮一は迷った。けれど、正直にすべてを打ち明けようと決めたのは、彼女に抱かれていたからである。嘘をついてはいけないと、少年のごとく純粋な気持ちになっていた。

「おれ……ずっと前から、恵理子さんが好きだったんだ」

初恋の相手であること、叔母と甥は結婚できないと知って悲しかったこと、それでも好きな気持ちは変わらず、恵理子が家を出たのは寂しかったこと。そして、東京に来て彼氏を紹介されたとき、ショックを受けたことも話した。

恵理子は黙って、甥っ子の告白に耳を傾けていた。

3

「……ありがとう」

すべてを聞き終えたあと、恵理子がお礼を口にする。どういうことなのかと、亮一は次の言葉を待った。

「亮一はわたしのこと、ずっと想っていてくれたのね。とってもうれしいわ」

それは嘘偽りのない、心からの言葉だと信じられた。

「恵理子さん……」

「だから、もうひとつ教えて」

彼女がそっと身を剝がす。真剣な目で見つめられ、亮一は息を呑んだ。

「あのDVDは、わたしにヘンなことをしたいって気持ちがあったから、買ったわけじゃないわよね？」

「うん。もちろん」

亮一は即答した。

「恵理子さんに手を出すわけにはいかないし、あくまでもフィクションとして、そういう世界を愉しんでいただけだよ」

「そう……」

恵理子がうなずく。何かに気がついたのか、わずかに眉をひそめた。

「ねえ、亮一がたまに、わたしのことを『叔母さん』って呼んだのは、あのDVDの影響なの？」

「あ――うん。そうかもしれない」

　これまで意識したことはなかったが、言われてみれば可能性はある。甥っ子役の男優が、叔母役の熟女女優にあれこれされて、『お、叔母さん、いっちゃう』などと悶える場面に、亮一はかなり惹き込まれたのだ。

「だったら尚さら、わたしを『叔母さん』なんて呼ばないで。それでＤＶＤの中身を思い出して、エッチな気持ちになったら困るでしょ」

　それはさすがにあり得ないと思ったものの、ここは年上をたてることにする。

「うん、わかった」

「あと……亮一って、彼女いるの？」

　その質問の答えは、恵理子もわかっているはずだ。女っ気が少しもない部屋を見れば、一目瞭然なのだから。

「ううん。いない」

「これまでにいたことは？」

「……ない」

　彼女はやっぱりという顔でうなずいた。そう確信していたのだ。

「じゃあ、何も経験がないのね」

　経験が男女の行為を指すのは明らかだ。亮一が目を伏せたのは、いい年をしてみっともないし、劣等感に苛《さいな》まれたからである。

するると、遠慮がちに声をかけられた。

「ねえ、最後までするのはダメだけど、わたしがちょっとだけなら経験させてあげようか？」

「え？」

亮一は驚いて顔をあげた。恵理子は真面目な顔をしており、からかわれたわけではなさそうだ。

「ほ、本当に？」

「うん。亮一は二十四歳だし、ある程度は経験してもいい年頃でしょ。それに、何も知らずにいて性格が歪んじゃったり、エッチなものにばかり目がいって、無駄遣いをするようになっても困るから」

あくまでも教育的な配慮でということらしい。長年面倒を見てきた立場ゆえ、何とかしてあげたい気持ちになったのだろうか。

ともあれ、亮一にとっては願ってもない展開であった。

「う、うん。是非お願いします」

思わず居住まいを正すと、彼女がクスッと笑う。

「素直な子ね」

そう言って、恵理子は真顔になった。

「目、つぶって」

掠《かす》れ声の命令に、直ちに従う。何も見えなくなっても、まったく不安はなかった。すぐ近くに、大好きな叔母がいるとわかっていたからだ。

顔の前に、何かが接近する気配がある。密やかなかぐわしさが鼻孔をくすぐった。

（キスされるんだ）

胸が破裂しそうに高鳴る。そのとき、

「ねえ、いいの？」

吐息と声が、唇をふわっとくすぐる。

「え、何が？」

恵理子に鼻息をかけないよう、亮一は慎重に答えた。

「ファーストキスが、わたしなんかでいいの？」

甥っ子の初めてを奪うことに、今さらためらいを覚えたらしい。九つも年上であるという負い目からか。それとも、夫を裏切りたくないという思いの表れなのか。

どちらにせよ、せっかくの決心を挫《くじ》けさせてはいけない。

「おれはずっと前から、恵理子さんとキスしたかったんだ」

熱望を真っ直ぐに伝えると、彼女がうなずいた気がした。返事のないまま、程なく唇に触れるものがある。

ふに――。

柔らかなものがひしゃげる感覚。反射的に瞼を開き、何が行われているのか確認したくなったものの、目を開けていいと言われていない。

それに、いちいち確かめるまでもなかった。

(おれ、キスしてる)

二十四歳のファーストキス。しかも相手は初恋のひとであり、好きで好きでたまらなかった、最高の女性なのだ。

重なった唇は、十秒ほどで離れた。え、もう終わりなのかと落胆しかけたところで、

「まだ終わりじゃないわよ」

恵理子が囁く。

「次は、大人のキスをしてあげる」

今度は頰を両手で挟まれる。手指の柔らかさとぬくみにうっとりした直後、再び唇を塞がれた。

亮一は反射的に唇を緩めた。何をされるのか、わかっていたからではない。鼻息をかけないようにしていたため、口で息をするしかなかったからだ。

するると、それを狙っていたみたいに、ヌルリと侵入してきたものがあった。温かな唾液を引き連れたそれは、紛れもなく恵理子の舌だった。

（あ――）

唇の裏や歯をチロチロとくすぐられ、顎に力が入らなくなる。さらに深く忍んできた舌に、亮一は自らのものを応対させた。

チュッ――。

舌を吸われるなり、甘美な電流が背すじを駆け抜ける。頬の手がはずされ、顔を傾けて深く絡ませ合うことで、いっそう官能的な気分にひたった。

（これが大人のキスなのか！）

何も知らなかったところから、一気に階段を駆けあがった気分になる。もちろん、まだまだてっぺんには遠い。

たっぷりと唾液を飲まされてから、唇が離れる。亮一は頭の芯が痺れたようになっており、目をつぶったまま、馬鹿みたいにボーッとなっていた。

「目を開けて」

言われて、瞼をそろそろと持ちあげる。目の前に、上気した面持ちの恵理子がいた。

(……綺麗だ、恵理子さん)

これまでになく色っぽく、女としての輝きを放っている。キスをしたあとは、いつもこんな顔を男に見せるのだろうか。

「どうだった?」

感想を求められても、うまく言葉が出てこない。いや、今の心境を正確に述べるなんて、どう足掻《あが》いても不可能だ。それほどまでに感動的だったのである。

「すごくよかった」

ありきたりなことしか言えない自分が、焦《じ》れったかった。

「わたしもよ」

恵理子も感激を口にする。

「こんなに気持ちのいいキスって、久しぶりだわ」

つまり、普段の夫とのくちづけでは、そこまで昂《たかぶ》らないということなのか。

(まさか、ずっとキスしてないってことはないよな)

結婚して三年以上経つはずながら、こんな綺麗な奥さんをもらって、何もしないなんてことはあるまい。おそらく、亮一とは初めてしたから新鮮で、感動も大きかったのだろう。

「じゃあ、こんなになっちゃったのは、わたしとキスしたせいなのね」

恵理子が艶《つや》っぽく目を細める。何のことかと訝った亮一の下半身に、ゾクッとする快《こころよ》さが生じた。

「むうう」

溜まらず呻《うめ》いて下を見れば、彼女の手がズボンの股間をすりすりと撫でていた。欲望の証《あかし》であるテントをこしらえたところを。

さらに、白魚《しらうお》の指が高まりを握り込む。

「あ、あっ」

体幹を歓喜が駆け抜け、亮一は身をよじった。布越しとは信じられないほどに感じてしまったのだ。

「こんなに硬くしちゃって」

握りに強弱をつけ、さらなる悦《よろこ》びをもたらしてから、恵理子が手をはずす。もっとしてほしくて、亮一は餌をねだる犬みたいに、縋《すが》る眼差しを向けた。

「脱ぎなさい」

簡潔な命令に、直ちに従ったのは、何をされるのかわかったからだ。

（恵理子さん、おれのを直《じか》に――）

ズボンの上からでも、たまらなく気持ちよかったのだ。柔らかな手指を直接感じたら、いったいどうなるのだろう。

ふくれあがる期待に手が震える。亮一は焦れったいとばかりに、ブリーフもまとめて脱ぎおろした。

ぶるん――。

ゴムに引っかかった肉の槍《やり》が、雄々しく反り返る。快感を求めるあまり、その部分に叔母の視線が向けられたのを、恥ずかしがる余裕はなかった。

「あん、すごい」

頭部を赤く腫らし、胴体に血管を浮かせる禍々《まがまが》しい器官に、恵理子は息を呑んだようだ。それでいて、見開かれた目にはあやしい色香が浮かんでいた。

「ここに寝なさい」

下半身をさらけ出した甥っ子に、顎をしゃくって命じる。

亮一はすぐさま畳に身を横たえた。仰向《あおむ》けになると、両脚を大きく開かされる。

そのあいだに、恵理子が膝を進めた。

「こんなに大きくしちゃって」

甘い声でなじり、手をのばす。筋張った筒肉に、白い指が巻きついた。

「くううううっ」

否応《いやおう》なく呻きがこぼれ、腰がガクガクとはずむ。目の奥で歓喜の火花が散った。

（これ、よすぎる）

生まれて初めて、勃起したペニスを異性に握られたのだ。それが最愛の叔母であることも、悦びをいっそう高めてくれる。

「硬いわ」

海綿体の漲《みなぎ》り具合を確認し、恵理子がつぶやくように言う。握り手に強弱をつけたあと、上下にそっと動かした。

「あああっ！」

目のくらむ歓喜に巻かれ、亮一は声をあげずにいられなかった。早くも限界が迫るのを感じ、全理性を発動させて懸命に堪《こら》える。

「そんなに気持ちいいの？」

恵理子が他人事みたいに首をかしげる。しごく動作をやめ、左手を牡《おす》の急所へと差しのべた。

「むふぅ」

陰嚢《いんのう》をさすられ、太い鼻息がこぼれる。ムズムズする快さにじっとしていられず、亮一は左右の膝を代わる代わる曲げ伸ばしした。

「ふうん。キンタマも感じるのね」

叔母があられもない単語を口にする。牡のシンボルが脈打つことで、そうだと悟ったのだろうか。

けれど、愛撫をしたのは性感帯だと知っていたからなのだ。でなければ、縮れ毛にまみれたシワ袋など、触れようなんて考えないはず。

とは言え、亮一自身も、急所がこんなにも快いなんて初めて知った。

(ああ、どうして……)

からだのあちこちが、ピクッ、ビクンとわななく。射精に直結する快感ではなかったものの、肉体の深いところに悦びが広がるようであった。

おそらく、同時にペニスをしごかれたら、たちまち昇天していたであろう。

「こんなにお汁が出てるわ」

言われて頭をもたげれば、鈴口から滴《したた》るカウパー腺液が、下腹に丸い液溜まりをこしらえていた。ブリーフを脱いでから、あまり時間が経過していないのに。それだけ昂奮と快感が著《いちじる》しかったのである。

「タマタマもキュッてなってるし、もうイッちゃいそうなの？」

事実その通りなのだが、認めるのは恥ずかしい。なぜなら、玉袋をモミモミされているけれど、太棹《ふとざお》は付け根部分を握られているだけなのだ。これでは急所責めだけで昇天するにも等しい。

「うん……もうすぐかも」

曖昧に答えると、恵理子がうなずいた。

「アタマのところも腫れちゃってるし、出さないと可哀想《かわいそう》ね。いいわ。スッキリさせてあげる」

彼女は筒肉の中程を握り直すと、強《こわ》ばりきったものをしごいた。陰嚢への愛撫も継続したままで。

「あ、ああっ、え、恵理子さんっ」

予想通り、狂おしいまでに愉悦《ゆえつ》が高まり、亮一は全身を波打たせた。

「やん、また硬くなったみたい」

漲り棒をリズミカルに摩擦しながら、恵理子が甥っ子に指示する。

「亮一、シャツをめくって」

それが飛び散るザーメンで衣類を汚さないためだと悟ったのは、肌を鳩尾《みぞおち》まであらわにしたあとだった。

「あうう、で、出る」

「いいわよ。いっぱい出しなさい」

サオとタマへの刺激がシンクロし、最上の歓喜を呼び込む。溢れた先走りが上下する包皮に巻き込まれ、ニチャニチャと卑猥な粘つきをこぼした。

「あ、あ、ホントに出る。いく――」

からだが蕩《とろ》ける感覚に続き、目の奥が絞られる。しごかれる秘茎の中心を、熱い固まりが貫いた。

「むふぅうう」

強烈な射精感に、からだじゅうの血管が沸騰する錯覚に陥《おちい》る。粘っこいエキスがびゅるびゅると幾度もにも分けて放たれ、それらはほとんど腹に落ちたようだ。

(……おれ、恵理子さんにイカされてる)

柔らかな手は、ザーメンがほとばしるあいだも休みなく動かされた。そうすることが快いと知っていたのだ。陰嚢のほうも、子種をポンプで吸い出すみたいに揉まれ続ける。

おかげで、身も心も桃源郷《とうげんきょう》に漂う。亮一は最後の一滴まで、気持ちよく出し切ることができた。

「こんなにたくさん……」

恵理子がほうとため息交じりに言う。力を失いつつあるペニスを、いたわるように愛撫した。

「ううう」

くすぐったい快さが長びいて、総身が細かく痙攣《けいれん》する。肌にかかった直後は温かった精液が冷え、悩ましい青くささが鼻腔に忍んできたところで、ようやく手がはずされた。

「ふは——ハッ、はあ……」

亮一は胸を大きく上下させ、気怠《けだる》さにまみれた四肢を大の字にのばした。

(気持ちよかった)

これまでで最高の射精だった。女性との親密なふれあいが初めてなのに加え、やはり特別なひとに施しを受けたことで、こんなにも感じたのだ。

何をする気にもなれずぐったりしていると、ティッシュで腹を拭《ぬぐ》われる。恵理子に後始末をされ、申し訳ないと思いつつ、亮一は瞼を閉じて身を委ねた。

おびただしい量がほとばしったようで、薄紙がかなり浪費される。あらかた拭き取られたあとも、肌がベタつく感じがあった。

（シャワーを浴びたほうがいいかも）

思ったものの、動くのが億劫だ。恵理子がどうにかしてくれるだろうと、幼い頃に戻ったみたいに甘えきっていたところ、

「ちょっと待ってて」

彼女が立ちあがる気配がある。目を開けると、キッチンのほうに下がる後ろ姿が見えた。

（あ——）

ぷりぷりとはずむジーンズのヒップに、またも見とれる。しかし、それはすぐに視界から消えた。

ほんの刹那《せつな》でも、叔母の熟れ尻を目にしたことで、情欲がぶり返す。続いて、疑問が頭をもたげた。

（ひょっとして、これで終わりなのかな……）

多量に精を放ち、深い満足を得たのは間違いない。だが、亮一のほうはキスに応えただけで、あとは何もしていないのだ。

恵理子は、ちょっとだけなら経験させてあげると言った。そのちょっとだけがここ

までの話だとしたら、正直もの足りない。できれば女体に触れたいし、ナマ身のヌードを拝みたかった。

そんなことを考えてモヤモヤを募らせていると、叔母が戻ってきた。濡らして絞ったらしきタオルを手に持って。

「ちょっと冷たいかもよ」

さっきと同じ位置、甥っ子の脚のあいだに膝をつくと、タオルで股間を清める。確かにひんやりしたものの、オルガスムスのあとには心地よかった。

「う……」

過敏になっている亀頭や、感じやすいくびれ部分も丁寧に拭かれて、亮一は呻いた。鼠蹊《そけい》部がムズムズして、海綿体に血液が舞い戻る感じがある。

とは言え、直ちに復活とはならない。腿《もも》の付け根や、陰嚢にも濡れタオルを当てられ、快さに身をくねらせるあいだに、三割ほどふくらんだのではないか。

「あら、また大きくなったみたい」

タオルを脇に置いて、恵理子が秘茎を摘《つ》まむ。ぷらぷらと弄《もてあそ》ばれ、腰の裏にあやしい疼《うず》きが生じた。

ビクン――。

小さな脈打ちを合図に充血が進む。伸びあがった筒肉に、さらなる指が添えられた。

「あんなにたくさん出したのに、まだしたいの？」

ちょっとあきれたふうに眉をひそめつつも、ゆるゆるとしごいてくれる。激しくしないのは、絶頂したあとに強く刺激しないほうがいいと考えたからではないか。

思いやりの溢れる愛撫に、やっぱり素敵な女性だという思いを強くする。穏やかな気分で身を任すことができて、肉体も素直な反応を示したようだ。

「え、もう？」

握り手からにょっきりとはみ出し、頭部粘膜を張り詰めさせた牡器官に、恵理子は目を丸くした。こんなに早く力を取り戻すのは、想定外だったのだろう。あるいは、もう復活しまいと考えていたのか。

それでも、逞《たくま》しさを誇示する肉の槍に、劣情を煽《あお》られたらしかった。

「元気だわ。やっぱり若いからなのね」

独りごちるように言い、そそり立つモノの真上に顔を近づける。唇から舌を長くはみ出させ、艶光る穂先をペロリと舐《な》めた。

「むふっ」

快美電流がからだを貫き、腰がガクンとはずむ。しかし、亀頭をすっぽりと含まれると、悦びよりも罪悪感が勝った。

（恵理子さんが、おれのを――）

童貞の亮一にとって、フェラチオは憧れであった。けれど今は、大好きな叔母にそんなことをさせていいのかという思いが強い。濡れタオルで清めたあとでも、不浄の器官であることに変わりはないのだから。

それでも、舌をピチャピチャと動かされ、くすぐったさの強い快感を与えられることで、罪悪感が薄らいだ。漲る分身を吸われ、目の奥に歓喜の火花が散る。

（これがフェラチオなのか）

アダルトビデオを視聴しながら、自分もされてみたいと幾たび熱望したことか。ようやく念願が叶って、亮一は天に舞いあがる心地がした。身をよじりたくなる気持ちよさに、ペニスが飴玉《あめ》みたいに溶かされるよう。

甥っ子の股間に顔を伏せ、お口の奉仕をする叔母は、陰嚢も揉み撫でていた。新たな子種を催促するような愛撫にも、愉悦がぐんぐんと高まる。

「ふう」

いったん口をはずし、恵理子がひと息つく。唾液に濡れた肉根が、外気に触れてひんやりした。

「どう？」

感想を求められ、亮一はガクガクとうなずいた。

「すごく気持ちよかった」

「そう。だったらよかったわ」

彼女は照れくさそうに頬を緩めると、

「そんなに慣れてないから、エッチなビデオの女優さんみたいに、上手じゃないと思うけど」

弁解するみたいに言う。ということは、夫にすることは稀《まれ》なのか。なのに、求めなくてもしてくれたのは、特別に想ってくれている証である。

（ああ、恵理子さん、大好きです）

感激の眼差しを向けると、猛《たけ》るものが強く握られた。

「すごく硬いわ。ねえ、まだ出したい？」

「う、うん」

正直に答えると、恵理子が慈《いつく》しむような微笑を浮かべた。

「だったら、このままよくなりなさい」

再び顔を伏せようとしたとき、

「あ、待って」

亮一は反射的に声をかけた。もう一度最後まで導かれたら、今度こそそれでおしまいになると悟ったからだ。

「え、なに？」

「ああ、えと——」

叔母に怪訝な顔を見せられ、どう答えればいいのかと迷う。

自分もさわりたい、裸を見たいというのが、正直な願いである。しかし、そのままを告げるのは、さすがに品がない。

さりとて、何と言えば受け入れてもらえるのだろう。焦りを募らせ、亮一は軽いパニックに陥った。そのため、

「お、おれ、女性のアソコが見たい」

と、露骨な要望を口にしてしまった。

「アソコ……え？」

眉をひそめた恵理子が、うろたえて視線を泳がせる。何を求められたのか理解したのだ。

「そ、そんなもの、今ならネットでいくらでも見られるでしょ」

反論され、亮一は怯《ひる》みかけたものの、引き下がったらそれで終わりだ。おそらく二度とはないチャンスなのだから、何としても希望を押し通すしかない。

「おれは本物を見たいんだ。でないと、男になれない気がするから」

「アソコを見たとか見てないとかで、男の価値なんて決まらないわよ」

「そういうことじゃなくて、どういうふうになっているのか知っておかないと、いざ初体験っていうときにまごつくと思うんだ。うまくできなかったら、ショックでインポになるかもしれないし」

「大袈裟ね」

恵理子はしかめっ面をこしらえたものの、甥っ子を冷たく突き放すことができなくなったらしい。男はけっこうデリケートな生き物であると、これまでの経験で学んでいたのではないか。

そもそもこんなことを始めたのは、彼女自身なのである。年上として、責任を持って面倒を見てあげるべきだと決意したらしい。

「……わかったわよ」

投げやり気味の返答に、亮一は飛び起きた。

「ほ、本当に？」

嬉しさのあまり、頬がだらしなく緩む。

「その代わり、見るだけよ」

今さら後悔したのか、恵理子がぴしゃりと釘を刺す。しかし、それを受け入れるわけにはいかない。

「でも、女性のアソコは複雑だって聞くし、見るだけじゃよくわからないかも。さわるぐらいならいいよね？」

譲歩を引き出すと、彼女は渋々というふうに折れた。

「わかったわよ。見て、さわるだけ。それ以上は禁止だからね」

むくれた面持ちで言い放ち、屹立《きつりつ》から手をはずす。もっとさわってほしかったものの、憧れ女性の秘め園が見られるのだ。今はそちらを優先すべきである。

亮一がかしこまって正座すると、恵理子はいよいよ追い詰められたふうだった。

「まったく……」

不平らしき言葉をブツブツとつぶやきつつ、ヒップを浮かせてジーンズに手をかける。豊かに張り出した腰から、苦労して剝《む》き下ろした。

むっちりした、色白の太腿があらわになる。人妻の成熟した色香が匂い立つようで、亮一は思わずナマ唾《つば》を吞んだ。

パンティは黒だった。とは言え、ごくシンプルなデザインだから、セクシーというよりはスポーティである。それでも、異性の下着姿を目の当たりにするのが初めての童貞には、たまらなくエロチックであった。

甥っ子の熱い視線に気づいたか、恵理子がこちらを一瞥《いちべつ》する。頬を赤らめ、覚悟を決めた面差しで、下着のゴムに指を引っかけた。

ところが、なかなか脱ごうとしない。決心にからだが追いついていないみたいに、おしりをモジモジさせた。

(ああ、早く)

固唾《かたず》をのんで見守っていると、彼女がパンティから指をはずす。何か閃《ひらめ》いたのか、口許《くちもと》をほころばせて亮一に向き直った。

「これは亮一が脱がせなさい」

「え?」

「女性の下着を脱がせるのは、男の役目なのよ」

そんなエチケットが本当にあるのかどうか、男女交際経験が皆無の亮一にわかるはずがない。しかし、恵理子が最後の一枚をこちらに委ねた理由は、おぼろげながら見当がついた。

（自分で脱ぐのが恥ずかしいから、おれにやらせることにしたんだな）

加えて、童貞の甥っ子にそこまでの度胸はなく、諦めるかもしれないと踏んだのではないか。

もちろん、こんなところで諦めるはずがない。亮一は「わかった」と返事をし、彼女のほうに膝を進めた。

「それじゃ、お手並みを拝見するわ」

恵理子が畳に尻をつき、膝を立ててMの字に開く。挑発的な眼差しは、明らかに年下の男を怯ませようとしていた。

秘められたところに喰い込むクロッチが大胆に晒され、ドキッとしたのは確かである。だが、その程度のことで臆していられない。

亮一は勇気と劣情を振り絞り、両手を艶腰にのばした。パンティのゴムに指をかけ、そろそろと引っ張る。

「ちゃんとできるじゃない」

感心した口振りでつぶやいた恵理子が、ヒップを浮かせる。薄布はやすやすと引き剝がされ、太腿をすべった。

すぐに脚が閉じられたために、肝腎なところは逆立つ秘毛がチラッと見えただけであった。早く脱がそうと引っ張れば、膝のところでパンティが裏返る。

（あ――）

亮一は目を瞠《みは》った。クロッチの裏地は白い布で、中心のわずかに黄ばんだところに、濡れきらめく付着物があったのだ。

汗やオシッコなど普通の液体であれば、布に染み込むはずである。そうならず表面に残っているのは、粘性があるからだ。

ということは、女性が昂奮したときに分泌される、愛液と呼ばれるものなのか。

できればじっくり観察したかったものの、パンティは爪先からはずれるなり、恵理子に奪われてしまった。かなり慌てた様子だったから、恥ずかしい痕跡を調べられたくなかったのだろう。

「ほら、どうぞ」

興味を逸《そ》らすみたいに、恵理子が脚を開く。当然、下着のシミよりも実物のほうがいいから、亮一は身を屈めてその部分を覗き込んだ。

上は服を着たままで、下半身のみ裸になった人妻。中途半端な脱ぎ方が、かえって卑猥だ。

それでも、最も興味を惹かれるのは、公《おおやけ》にすることが許されない部分である。

（ああ、これが……）

最愛のひとの神秘帯を目撃し、胸が感激で震える。亮一は瞼を限界まで開き、記憶と網膜に焼きつけた。

逆立つ叢《くさむら》は意外と濃く、炎のようなシルエットだ。その下側に、短めの縮れ毛に囲まれた、肉の裂け目があった。皮膚の色がややくすんだそこはほころんで、肉色の花びらがハート型にはみ出していた。

無修正の女性器は、さっき恵理子が言ったとおり、ネットにいくらでもある。けれど、写真や動画とは印象が異なっていた。

見た目こそ大きな違いはなくても、胸に迫るいやらしさはナマ身に敵《かな》わない。また、特別な女性のものだから、いっそう貴重だ。

「ちょっと、そんなに近づかないで」

恵理子が焦った声で命じる。亮一は頭を内腿のあいだに入れ、女芯と目は三十センチと離れていなかった。

「え、どうして？」

上目づかいで訊ねると、彼女がぷいと横を向く。

「は、恥ずかしいからよ」

夫以外には見せないところを晒しているのだ。羞恥を覚えるのは当然である。だが、そればかりが理由ではない気がした。

そのとき、鼻先を淫靡《いんび》なチーズ臭が掠める。

(あ、これって――)

どことなくケモノっぽいのに、妙に惹かれるフレグランス。目の前の淫華が漂わせているものに違いない。

(そうか。匂いを嗅がれたくないんだな)

亮一は射精後の股間を清められたが、恵理子はこの部屋に来たときのままだ。普段着っぽい装いからして、出かける前にもシャワーなど浴びなかったろう。

そのため、蒸れやすい陰部は飾らない臭気を放つ。それを甥っ子に知られたくないのだ。

クロッチのシミに興味を抱いたぐらいである。叔母の正直な秘臭を、亮一は嗅ぎたくてたまらなかった。

だからと言って、彼女が嫌がることをすれば、すべてが台無しになってしまう。ここは我慢するしかない。

「じゃあ、さわってもいい?」

さっき許しを得たことを再び申し出ると、恵理子は仕方ないという顔つきでうなずいた。

「乱暴にしないでよ。デリケートなところだから、そっとさわって」

忠告に、亮一は素直に「わかった」と答えた。

（そう言えば、女性のかゆみ止めクリームのＣＭで、ここをデリケートゾーンって呼んでたな）

どうでもいいことを思い出しつつ、指を差しのべる。向かって右側の花弁の縁《ふち》を、そっと撫でてみたところ、

「ひッ――」

恵理子が息を吸い込むみたいな声を洩《も》らし、秘苑全体をキュッとすぼめた。

（え、感じたのか？）

驚いて指を引っ込めた亮一に、

「や、やっぱりさわるのはダメ」

恵理子は息をはずませながら、約束を撤回した。

「え、だって」

亮一がクレームをつけようとすると、別の方法が提示される。

「その代わり、わたしがちゃんとオマ――じょ、女性器のことを教えてあげる」

代案を文句も言わずに受け入れたのは、叔母の言いかけた言葉が気になって、他がどうでもよくなったためもあった。

（恵理子さん、ひょっとしてオマンコって言いそうになったのか？）

いや、禁断の四文字を、彼女が口にするはずがない。もっとも、「オマ」で始まる単語など、他にはオマールエビぐらいしか思い浮かばなかった。

そして、恵理子のレクチャーが始まったため、そんなことはどうでもよくなる。

「ほら、見て」

綺麗な指が、淫靡の源を指す。亮一の視線も、そこに釘付けとなった。

「この、ワレメからはみ出したのが小陰唇ね。ビラビラなんて言うこともあるけど。あと、外側のぷっくりしたところ、毛の生えたここが大陰唇」

学校の保健体育でも習った内容ながら、略図ではなく実物を示されているのだ。いやらしいことこの上なく、勃《た》ちっぱなしのペニスがビクンと脈打つ。

「それから、この上のところ――」

恥割れの上部、フード状の包皮がめくられると、ピンク色の小さな真珠が現れた。

「これがクリトリス。オチンチンの先っぽと同じで敏感なの」

いくら童貞でも、そのぐらいは知っている。それでも、恵理子が文字通りにからだを張って教えてくれるのだ。しっかり学ぼうという心持ちにさせられ、亮一は神妙にうなずいた。

続いて、視界の両側から指が入る。小陰唇を左右にくつろげ、内側の粘膜を大胆にさらけ出した。

そこは桃色の珊瑚礁《さんごしょう》であった。

(さっきはあんなに恥ずかしがっていたのに……)

童貞の甥っ子に女体を教えることが楽しくなり、羞恥心が薄らいだのだろうか。

「わかる？　穴がふたつあるはずなんだけど」

言われて、亮一が顔を近づけても、恵理子はさっきのように制止しなかった。教えることに夢中で、匂いのことなど忘れてしまったのか。

おかげで、魅惑の眺めばかりか、濃密さを増した女芯の香りも堪能できる。

「上のほうにある小さな穴が尿道口で、オシッコが出るところよ。それから、下にある大きめのほうが膣口ね。セックスのとき、オチンチンを挿《い》れるのがここ」

恥ずかしいパフュームを嗅がれているとは思いもしないのか、恵理子がストレートな言葉遣いで説明する。

ふたつの穴は、ちゃんと確認できた。尿道口は小さいため、複雑な形状の粘膜に紛れて、見逃すところであった。

一方、膣口はわかりやすい。息づくみたいに、入り口を開いたり閉じたりしていたからだ。

とは言え、こんなところにペニスが入るのかと、疑問を抱くほどに狭い。そのぶん、挿入したら締めつけられて、かなり気持ちいいのではないか。

（あ――）

亮一は目を瞠った。見え隠れする蜜穴から、薄白い液体がトロリと溢れたのだ。

「あん」

恵理子が小さな声をこぼし、膣の入り口をキュッとすぼめる。何かが滴ったと、彼女もわかったのだ。

「さ、もういいでしょ。女性器の講義は、これでおしまい」

取り繕うように言われるなり、亮一は咄嗟《とっさ》に動いた。ここで終わったら、恵理子と親密な戯《たわむ》れを持つ機会は、二度と来ないに違いない。

だったら、心残りのないようにしたい。たとえ嫌われることになっても。

あらわに開かれた神秘の泉に、亮一はくちづけた。

「キャッ、ダメっ！」

恵理子が腰をよじって逃げようとする。そうはさせじと太腿を肩に抱え込めば、しっとりモチモチのお肉に、頭を強く挟まれた。

(こうなったら、舐めて感じさせるしかないぞ)

童貞で女の子と付き合ったこともないから、クンニリングスは当然初めてだ。テクニックなど持ち合わせていない。

それでもやるしかないと、舌を恥割れの狭間《はざま》に差し入れて動かす。すると、成熟した女体がぎゅんと強ばった。

「くうう──そ、それ、ダメなのぉ」

駄目ということは、つまり感じているのだ。声音《こわね》も甘えているようだし、本心ではもっとされたいのではないか。

その推測を信じて、舌を律動させる。膣口から溢れ出る蜜を絡め取り、ピチャピチャと攪拌《かくはん》した。

「あ、あっ」

色めいた喘ぎ声。頭を挟んだ内腿が、ワナワナと震えるのがわかった。

とは言え、彼女が得ているのは、快感ばかりではなかったらしい。

「バカぁ、そこ、汚れてるのに……くさいのに」

羞恥の嘆きが聞こえる。やはり性器の汚れや匂いを気にしていたようだ。

もちろん亮一は、少しも不快に感じていなかった。むしろ、ありのままのかぐわしさに昂奮させられたし、ほのかな塩気も好ましかったのである。

だからこそ、敏感な粘膜を抉《えぐ》るようにねぶった。

「あふ、ふうう、あ――いやぁ」

もはや抵抗する気力もなくなったようで、恵理子は切なげによがるのみになる。熟れ腰をビクッ、ビクンとわななかせ、下腹を忙しく波打たせた。

それをいいことに、亮一はより感じるポイントを探した。

(ええと、ここだよな)

他ならぬ彼女自身に教えられた性感ポイント、クリトリスを舌先で探り、はじくように舐める。

「はあああっ！」

ひときわ大きな嬌声《きょうせい》が放たれ、畳の上でヒップがくねった。

「そ、そこダメ……感じすぎるのぉ」

だったらもっと感じさせようと、舌の根が痛むのをものともせず、高速で動かす。

恥苑からこぼれそうなラブジュースを、ぢゅぢゅッと音を立ててすすりながら。

「あ、あ、あ、ホントにダメ。おかしくなっちゃう」

裸の下半身が休みなく悶える。最愛のひとの淫らな反応に、亮一の昂奮もマックスまで高まった。幾度も反り返る分身が、ぺちぺちと下腹を打ち鳴らすほどに。

そのまま舐め続けて、どうなるのかと道筋が見えていたわけではない。反射的に動いた上での行為であり、結果など考えもしなかった。

「あふんッ！」

喘ぎの固まりを吐き出して、恵理子が腰を大きくはずませる。あとは力尽きたみたいに動かなくなった。

（え、なんだ？）

亮一は焦って身を起こした。

彼女は畳に手足を投げ出し、ぐったりしている。瞼を閉じ、胸を大きく上下させ、すぐには起き上がれない様子だ。

（……ひょっとして、イッたのか？）

アダルトビデオの絶頂シーンのように、派手な声をあげたわけではない。空気が一気に抜けたみたいに、脱力しただけであった。

だが、それゆえにリアルだったのも事実。今の姿も、オルガスムス後の虚脱状態にしか見えない。

(おれ、恵理子さんをイカせたんだ)

初めてのクンニリングスで、年上女性をエクスタシーに導いたのだ。ひょっとして才能があるのかと、亮一は大得意だった。ずっと異性に縁がなかったぶん、思いもよらない金星を得て、調子づいたようである。

しどけなく横たわる人妻は脚を開き、濡れた秘め園を晒している。淫らすぎる眺めに劣情を煽られ、亮一はますます思い上がった。

(これなら、セックスでも恵理子さんをイカせられるかもしれないぞ)

しとどになった蜜穴に硬いペニスをぶち込み、ずんずんと激しく突きまくれば、彼女は乱れてよがり泣くのではないか。そんな想像が、童貞青年を欲望本位の行動に駆り立てる。

今なら恵理子も抵抗できないだろう。絶好のチャンスだと、亮一は彼女にのしかかった。

「ンぅ」

彼女がうるさそうに顔をしかめる。けれど、何をされようとしているのか、少しもわかっていないようだ。

　これならヤレると確信すると同時に、亮一の胸に罪悪感がこみ上げた。

(断りもなくセックスするなんて、レイプといっしょじゃないか)

　良心がやめろと命じる。その一方で、牡の本能が今しかないとけしかけた。

(これを逃したら、一生童貞かもしれないぞ)

　葛藤しながらも、腰を太腿のあいだに割り込ませる。分身の切っ先が濡れ割れを捉えるなり、恵理子が瞼を開いた。

「え？」

　目の前に亮一の顔があったものだから、かなり驚いたようだ。続いて、股間にある猛々しいモノに気がついたらしい。

「イヤッ！」

　悲鳴をあげ、甥っ子を押し退《の》けようとする。そのため、せっかく捉えた標的から、ペニスがはずれてしまった。

(あ、そんな)

　もう少しというところで挫かれたために、かえって欲望の火が燃え上がる。罪悪感が消え去り、是が非でもやり遂げようと亮一は躍起になった。

「恵理子さん、おれ──」

暴れる叔母を押さえつけ、肉の槍で女芯を突く。しかし、経験がないのに、どうにかできるわけがない。股間に目のない哀《かな》しさで、目標をはずすばかりだった。

（ええい、くそ）

焦りが募り、鼻息が荒くなる。昂奮して、肉根が雄々しくしゃくり上げた。

「お願い、やめて……ねえ、亮一ってば」

恵理子の懇願も耳に入らない。とにかくセックスがしたい、童貞を卒業したいのだ。

その一念で、亮一は腰を振り続けた。

次の瞬間、

「あ、ダメっ」

悲痛な声に続き、女体が強ばる。亀頭が熱い潤みに嵌《は》まったのを感じ、目がくらむほどに昂った。

（よし、ここだ）

勢いよく腰を突き出したものの、強ばりは虚《むな》しく濡れミゾをすべった。目標を見失ったばかりか、包皮の継ぎ目部分を陰毛でこすられ、鋭い快美感に背すじがゾクッとする。

途端に、めくるめく歓喜が押し寄せた。

「くう、ううぅっ」

亮一はたまらず呻いた。絶頂の震えが全身に行き渡り、熱い固まりが尿道を貫く。

ドクンっ――。

ふたりの下腹部に挟まれたペニスが痙攣し、香り高い樹液を放出した。

「あああ」

情けない声をあげても、射精は止まらない。二回目とは思えない量が、次から次へとほとばしる。

恵理子を強く抱きしめ、亮一は腰を動かし続けた。叔母の柔らかな下腹に分身をヌルヌルとこすりつけ、貪欲に悦びを求める。

「むふっ、ううう」

鼻息がケモノみたいに荒ぶった。

「え、亮一？」

戸惑いの声が、やけに遠くから聞こえる。温かな体液が飛び散り、青くさい匂いもするから、彼女も射精したとわかったのではないか。

オルガスムスの波が引き、最後に腰がブルッと震える。倦怠《けんたい》感が忍び寄るにつれ、亮一は情けなさに苛まれた。目的が果たせなかったこと以上に、欲望にまみれて愛《いと》しいひとを犯そうとしたことが許せなかったのだ。

(最低だ、おれ……)

謝らなくちゃと思っても、喉がゼイゼイと鳴って声が出せない。亮一は恵理子に身を重ねたまま、後悔を噛《か》み締めた。

第二章　人妻と淫ら撮影会

1

（まったく、何てことをしちゃったんだよ）

数え切れないほどした後悔が、またもぶり返す。それでやったことが帳消しになるわけでもないのに、亮一は自分を責めずにいられなかった。

恵理子を襲ったのは、二日前のことだ。

あのあと、彼女は身繕いをすると、そそくさと帰ってしまった。犯されずに済んだとは言え、気まずかったのであろう。そもそも性のレクチャーなど始めなければ、あんなことにならなかったのにと、自らの行いを悔やんだのかもしれない。

とにかく謝らなければと、亮一は何度も電話をかけようとした。けれど、そのたびに思いとどまったのは、叱られるのを恐れてではなかった。

むしろ、電話に出てもらえなかったり、無言で通話を切られたりと、一方的に拒まれるのが怖かった。そうなったら、もう二度と会ってもらえまい。

謝りたくても連絡ができない。どうすればいいのかと悩みまくり、まだ二日しか経っていないのに、長い時間を過ごした気がした。

おかげで、仕事にも身が入らない。

「どうかしたんですか、先輩?」

声をかけられて、亮一は我に返った。

振り返ると、後輩の武田和音《たけだかずね》が、困惑げな顔を見せていた。亮一が手を止め、しかめっ面をしていたものだから、気になったのだろう。

「え? あ──」

「ああ、いや、何でもないよ」

無理に笑顔を作ったものの、彼女の表情から不審の色は消えない。だが、亮一が作業を再開させたことで、それ以上の質問は諦めたようだ。

ここは会社の資料室である。スチール棚が並ぶ六畳ほどの部屋には、ファイルなどの文書の他に、ビデオテープやメモリ、ハードディスクなど、映像の記憶媒体も保管してあった。それも、かなり雑多に。

　ふたりは、そこの整理を命じられたのである。

　和音は今年入社したばかりの新人だ。二年目で、同じくキャリアの浅い亮一同様、雑用を任されるのは当然ながら、これまでふたりで仕事をしたことはあまりない。

　そして今回も、結局はひとりですることになるだろうと思っていたら、資料室のドアが開いた。

「ああ、ここにいた」

　入ってきたのは、亮一の五年先輩の男だった。ノリが軽くて、正直苦手なタイプである。

「あちこち探してたんだぜ。次のロケの準備を手伝ってくれないかな」

　彼が声をかけたのは亮一ではない。和音のほうだ。

「え、でも、ここの整理をするように言われたんですけど」

　戸惑いを浮かべる新人女子に、先輩は普段通りのおちゃらけた口調で告げる。

「ああ、いいのいいの。そんなこと、梶木にやらせとけばいいんだから」

「だけど……」

「さ、行こ行こ。みんな和音ちゃんを待ってるよ」

かくして、和音は半ば強引に連れ出された。

（チェッ。可愛い子はいいよな）

亮一はやれやれと嘆息した。

大学を出たてで、早生まれの二十二歳。今どき染めも脱色もしていない黒髪と、頬のふっくらした童顔が、清純な印象を与える。和音はそんな女の子だ。ぱっちりした目もチャーミングである。

そのため、みんなからチヤホヤされ、与えられる仕事も楽なものばかり。こき使われる亮一とは雲泥《うんでい》の差だった。

和音自身は、愛らしさを鼻にかけることもなく、真面目ないい子である。だから贔《ひい》屓《き》される彼女を、亮一は恨んだり、妬《ねた》んだりしなかった。悪いのは、下心満載で接近する先輩たちなのだから。

ともあれ、ひとり取り残されて、亮一はすっかりやる気を失ってしまった。

仕事を命じられたときから、大変そうだとうんざりしていたのである。それでも、ふたりならどうにかなるかと思っていたら、案の定、和音は連れて行かれた。

（これをひとりでやるのかよ……）

資料を分類し、内容と日付で並べ直すだけの単純作業だが、すべてが雑然と置かれているのだ。ふたりで取りかかって三十分近くも経ったのに、全体の一割も終わっていなかった。

これでは、いつまでかかるかわからない。

正直、投げ出したかったものの、そんなことをしたら仕事を命じた上司に叱られる。ヘタをしたらクビだ。

仕方なく、イヤイヤながら続けようとしたとき、スマホに着信があった。ポケットから取り出して表示を確認し、亮一はドキッとした。

恵理子からの電話であった。

あの日のことで何か言われるのだろうか。躊躇したものの、亮一は受信ボタンを押した。とにかく謝らなければと思ったのだ。

「……もしもし」

恐る恐る声を出すと、

『ああ、亮一。ごめんね、仕事中だった？』

叔母の明るくはずんだ声に安堵する。少しも怒っていないとわかったからだ。

「ううん。だいじょうぶだよ」

『よかった。ねえ、今夜空いてる？』

「うん。特に予定はないけど」

『だったら、ウチに来ない？　夕飯をご馳走してあげる』

「ホントに？　うん。絶対に行くよ」

『じゃあ、七時に。美味《おい》しいものを作って待ってるわ。それから——』

恵理子が言い淀んだものだから、亮一は動揺した。やっぱりあのことを非難されるのかと、無意識に身構える。

『あのね、亮一にお願いしたいことがあるのよ』

「え、お願いって？」

『亮一がウチへ来たときに話すわ』

「あ、うん……」

『じゃあ、今夜ね』

通話が切れたあとも、亮一はしばらくスマホを手に、ボーッと佇んでいた。謝罪するはずが、できなかったことも忘れて。

（……お願いって、何だろう）

気になるのはそれである。口振りからして、電話では話せない内容のようだった。

もしかしたら、お願いというのは口実で、とにかく是が非でも来てもらうために、そんなことを言ったのではないか。

（あ、もしかしたら――）

ふと浮かんだ推測に、心臓がバクバクと高鳴る。彼女は二日前の続きをするつもりではないだろうか。

（おれに最後までさせなかったのを悪いと思って、童貞を卒業させてくれるのかも）

さすがに都合の良すぎる考えだと、一度は打ち消したのである。けれど、他に思い当たることはない。恵理子の話し方もどこか意味ありげだったから、やっぱりそうかもと期待がふくらんだ。

（ということは、今夜恵理子さんと）

いよいよ初体験ができるのだ。初恋のひとであり、一番好きな女性に童貞を捧げられるのである。

しかし、その前にやらなければならないことがあった。

（よし、ここをさっさと終わらせなきゃ）

七時に恵理子の家に着くには、六時には退勤しなければならない。その前に、命じられた雑用を片付ける必要があった。終わらなければ残業だ。

亮一は発奮し、目標の時刻までに、資料室の整理をきっちりと終わらせた。

2

以前も訪れた、閑静な住宅街の一戸建て。午後七時きっかりに呼び鈴のボタンを押すと、十秒と待たずに玄関のドアが開けられた。

「いらっしゃい」

笑顔で迎えてくれたのは、もちろん恵理子である。エプロン姿なのは、夕食の準備をしていたからであろう。

「こ、こんばんは」

亮一がぺこりと頭を下げると、彼女がクスクスと笑う。

「なあに？　改まっちゃって」

からかう口調で言われ、頰が熱くなる。いよいよ初体験なのだと気が逸《はや》り、舞いあがってしまったのだ。

だが、まだそうと確定したわけではない。確めることがひとつだけあった。

「あの、旦那さんは？」

玄関に入ったところで訊ねる。家に夫がいたら、いくらなんでも甥っ子と交わるわけにはいかないだろう。不在であってほしいと、亮一は願っていた。

「いないわよ。関西に出張で、帰りはあしたなの」

期待どおりの答えを、恵理子がさらりと口にする。亮一はひゃっほうと歓喜の声をあげそうになったのを、どうにか思いとどまった。

(よし、これで確実だ！)

夫が不在のときに呼んでくれたのは、ふたりっきりになるためだ。そして、ひとつ屋根の下で男女が夜を過ごすとなれば、やることは決まっている。

ようやく童貞とおさらばできるのだ。浮かれた足取りでリビングダイニングに入った亮一は、そこに先客がいたものだから目が点になった。

(え、誰？)

自分より年上と思《おぼ》しき女性だ。ソファに腰掛け、艶めいた微笑を浮かべていた。髪を明るく染め、メイクもばっちり決まっている。恵理子とはタイプの異なる美女だ。若々しさと、成熟した色気の両方が感じられて、年齢の予想がつかなかった。

その脇には、四、五歳と思しき幼女がちょこんと坐っていた。明らかに娘らしいから、そうすると女性は恵理子と同い年ぐらいであろうか。

「紹介するわね。こちらはご近所さんで友達の、久保《くぼ》秀美《ひでみ》さん。それから、お子さんのチカちゃん」

恵理子が紹介すると、ソファの女性がにこやかに挨拶をする。

「こんばんは。初めまして」

「あ、どうも……えと、梶木亮一です」

戸惑いつつも名乗ると、

「亮一クンね。恵理子さんからお話は伺ってるわ」

などと言われてうろたえる。ひょっとして未だ童貞であることや、前回のレイプ未遂のことまで知っているのかと、あり得ないことを考えてしまった。

ふたりは町内の防災訓練で知り合ったという。同じ頃に引っ越してきて、他に知人もいなかったため、仲良くなったとのことだ。

「秀美さんのお宅も、ご主人が出張だっていうから、食事に誘ったのよ」

「そうだったんですか……えと、お嬢さん――チカちゃんは何歳なんですか？」

気を落ち着かせるべく、当たり障《さわ》りのない質問をすると、秀美が我が子に答えるよう促した。

「チカちゃん、お兄さんがいくつって」

「いつつ」

幼女が小さな手を開いて答える。ひと見知りをしない子のようだ。

「じゃあ、秀美さんは――」

言いかけて、亮一は口をつぐんだ。チカが素直に答えたものだから、つられて秀美の年齢まで訊いてしまいそうになったのだ。それが女性には不躾《ぶしつけ》な質問であることぐらい、童貞でもわかる。

ところが、彼女はすぐに察したらしい。口許をほころばせ、

「あら、わたしの年も気になるの？」

悪戯《いたずら》っぽく目を細めた。

「あ、いえ、あの――」

「三十歳ちょうどよ」

「え？」

あっさりと答えられて、亮一は拍子抜けした。

「ひょっとして、もっと上だと思った？」

「いえ、そういうわけじゃ。まだ二十代かと――」

「それじゃ、夕食にしましょ」

ふたりのやりとりを、恵理子が遮る。特に重要な話でもなかったし、秀美も「そう

ね」とうなずいて立ちあがった。

「さ、チカちゃん、ご飯よ」

「はーい」

食卓に向かう母子をぼんやりと眺めながら、亮一は密かに落胆した。

(てことは、初体験は無いのか……)

どうやらセックスをするために呼ばれたわけではないらしい。夫が不在で、友人の親子を招いたついでに、甥っ子も誘ったのだろう。

あるいは、あんなことがあって気まずくなったから、関係を元に戻そうと考えたのかもしれない。それにはふたりっきりよりも、他に誰かいたほうがいいから、秀美と娘を同席させたのではないか。

どちらにせよ、恵理子との関係が進展する流れにはなりそうもない。お願いがあるなんていうのも、来てもらうため適当に言っただけなのだ。

亮一は決めつけたものの、そういうわけではなかったようだ。

「じゃあ、亮一はここに坐って」

長方形の食卓は、ふたりずつが向かい合わせで坐るように椅子が置かれていた。亮一は恵理子と並び、向かいに母子が腰掛ける。

恵理子は食卓に着く前にエプロンをはずした。奥様っぽい格好も魅力的だし、できればずっと着けてもらいたかったものの、他の人間がいる前でお願いはできない。

（どうせなら、裸エプロンとかやってもらいたいけど……）

そんな格好で恵理子が目の前に現れたら、昂奮のあまり鼻血を噴き出すのではないか。などと、あられもない叔母の姿まで妄想したものだから、亮一は食卓の下で、股間をみっともなくふくらませた。

（こら、鎮《しず》まれ）

不肖のムスコに命令しつつも、つい隣の恵理子をチラ見してしまう。彼女のボトムはこのあいだと同じくジーンズで、それを脱いだときの煽情《せんじょう》的な姿が蘇《よみがえ》り、ますます落ち着かなくなった。

「あら、熱でもあるの？」

声をかけられて我に返る。いつの間にか向かいの秀美が、こちらに訝る眼差しを向けていたのだ。

「あ、ああ、いえ、べつに」

「そう？　なんだか顔が赤いんだけど」

「え、ホントに？」

恵理子もこちらを向いて確認し、手をのばして亮一のおでこに当てた。

「あ――」

彼女の手は、ひんやりして柔らかだった。甘美な心地にひたり、股間の分身が浅ましく脈打つ。

「んー、ちょっと熱いけど、平熱じゃないかしら。具合悪いの？」

訊ねられ、亮一は「ううん」と否定した。

「男がおれだけだから、照れくさくなっただけだよ」

これに、秀美が「あー、なるほど」とうなずく。

「こんな美人をふたりも前にしたら、落ち着かないわよね」

そのとき、五歳の娘が不機嫌そうに眉をひそめたことに、彼女は気がつかなかったようだ。幼いなりに、自分が数に入れられなかったのが不服だったのか。

「ちょっと、ヘンな気を起こさないでよ」

恵理子に睨まれ、亮一は首を縮めた。ヘンな気を起こしたところで、こんな状況では何もできない。

「それじゃ、食べましょ」

「ええ。さ、チカちゃん、食べる前のご挨拶は？」

母親に促され、幼女が小さな手を合わせる。

「いただきます」

舌足らずな愛らしい声に、大人たちの頬が緩む。続けていただきますと声を揃え、食事が始まった。

(ああ、美味しいなあ)

女性ふたりのたわいもないやりとりを耳に入れながら、恵理子の料理に舌鼓《したつづみ》を打つ。これまで何度かご馳走になっているが、そのたびに腕が上がり、レパートリーも増えているようだ。

(旦那さんに美味しいものを食べさせるために、努力してるんだろうな)

叔母の夫にジェラシーを覚えつつ、自分は彼女の生々しい秘臭を知っているんだぞと、胸の内で対抗心を燃やしていると、

「あ、そうそう。お願いの件なんだけど」

恵理子が唐突に話を切り出す。呼び出すための口実かと思っていたら、本当に頼み事があったらしい。

「え、なに？」

「あのね、秀美さんも動画の配信を考えてるのよ」

「え、そうなんですか？」

確認すると、美しい人妻が「ええ」とうなずく。

「亮一クン、映像制作会社に勤めてるんでしょ。だから、撮影や編集について、いろいろと教えてもらいたいの」

「それはかまいませんけど。ええと、配信はグッドチューブで？」

アメリカの大手IT企業が運営する動画サイトを使うのかと思えば、彼女は「ううん」と首を横に振った。

「あんなところは使わないわ。つまらないから」

「え、つまらない？」

辛辣《しんらつ》な批評に、亮一は目をぱちくりさせた。

「あれで大金を稼ぐひともいるみたいだし、わたしも参考になるかと思って、再生回数の多いものをひととおり視聴したの。でも、ほとんど見るに値しないものばかりだったわ。くだらないし、はっきり言って子供騙《だま》しよ」

「はあ……」

「なのに、どうして人気があるのか不思議に思って、動画のコメント欄を読んでみたの。そうしたら、コメントも酷《ひど》いのよ。感想でも何でもない、いかにも頭の悪そうな文ばかり並んでたわ。それでわかったの。あれは程度の低い人間を喜ばせるものなんだって。ほら、将来グッドチューバーになりたいなんて言ってるのは、小学生とかの子供たちでしょ。つまり、あんなのを見て面白がっているのは、オツムが小学生レベルの人間ってことよ」

酷い決めつけに、亮一は相槌《あいづち》も打てなくなった。

「だいたい、ルーティーンだか何だか知らないけど、誰かの日常をただ追っただけの動画なんか、見てなんの得があるの？　単なる露悪趣味だし、付き合うだけで時間の無駄よ。しかも、ひとつがウケたら、我も我もとみんなが真似をして、同じような動画ばかりになるでしょ。新しいものに挑戦する意欲も頭もないのね」

偏見でしかない悪口を吐き続けながらも、秀美はずっとニコニコしていた。美女の笑顔はチャーミングで、見ているだけで気持ちがほんわかする。それゆえに、毒の強烈さが際立つのだ。

「いや、だけど、中にはいい動画もあると思いますけど」

やんわりたしなめても、美人妻のディスりは止まらない。

「確かにね。だけど、そういうのは再生回数が伸びないじゃない。要するに、いいものを見極める力がないのね。あのサイトをずっと見ているのは、暇つぶしにしかならない動画をだらだらと視聴して、人生の貴重な時間を無駄にする連中なのよ」

もしかしたら秀美は、かつてあのサイトに自らのチャンネルを開設したのではないか。ところが、再生回数がまったく伸びなかったものだから、こんなふうにひねくれた見方をするようになったのだとか。

亮一はそんな想像をしたものの、本人に向かって言えるはずがない。恵理子もあきれた面持ちを見せているし、これ以上の暴言はやめさせたほうがよさそうだと話題を変える。

「秀美さんは、どんな動画を撮るおつもりなんですか？」

「もちろん、可愛い娘の成長記録よ。ね、チカ」

秀美が愛娘の頭を愛おしそうに撫でる。

「んふふー」

口の周りをソースでベタベタにした幼女は、嬉しそうに目を細め、にんまりと笑った。母親に愛されていることに、心から満足しているふうだ。

「それじゃあ、チカちゃんの動画をネットで配信するんですか？」

「ええ。だけど、一般公開はしないわよ。チカがロリコンの変態に見初《みそ》められて、誘拐されたら困るもの。親戚とか友達とか、見られる人間は限定するわ」

子供の写真や動画を、考え無しにネットやSNSにアップする親は少なくない。そのあたり、秀美はちゃんと気をつけているようだ。

「それなら、べつに凝ったものを撮らなくても、普段の姿をそのまま撮影すればいいんじゃないですか？」

亮一の言葉に、彼女は首を横に振った。

「わたしは、チカの可愛らしさを余すところなく記録したいの。それにはある程度のテクニックが必要だし、編集だって重要なポイントでしょ」

「まあ、そうですね」

「そこのところを、亮一クンに教えてもらおうと思って。餅は餅屋って言うし、そういうのはプロに教わるのが一番でしょ」

とは言え、亮一は会社では雑用ばかりである。カメラは運ぶのが主な仕事で、撮影は未ださせてもらっていなかった。

「いや、プロってほどじゃないですけど」

それは謙遜《けんそん》ではなく事実であった。この場で撮影のコツなどを訊ねられたらまずいぞと危ぶんだとき、

「あ、そう言えば、恵理子さんはどんな動画を撮るの？」

秀美が話題を変えてくれて、事なきを得る。

「わたし？　んー、まだ決まってないの」

答えてから、恵理子がこちらをチラ見したものだから、亮一はドキッとした。眉をひそめているから、前回相談されたときに案がまとまらなかったばかりか、淫らな展開になったことを責めているのか。

（いや、あれはおれのせいじゃないし）

しかし、約束を反故《ほご》にして、洗っていない秘部をねぶったばかりか、絶頂してぐったりした彼女を犯そうとしたのである。完全に許したわけではなく、まだ恨んでいるのかもしれない。

「恵理子さんも、子供がいればいいのにね。わたしはチカが生まれてからビデオカメラを買って、撮影する楽しさに目覚めたのよ」

「たしかに、子供がいれば撮りたくなるわね」

「いればっていうか、作る予定があるんでしょ？　一軒家を買ったのだって、将来家族が増えたときのためなんだと思ってたけど」

「まあね。結婚前は、ふたりぐらいほしいって旦那と話してたんだけど」

「あ、ウチも同じ。チカも手がかからなくなったたし、そろそろ弟か妹がほしいなって考えてるの」

「へえ」

「チカ、おとうとがほしい」

幼女がいきなり割って入る。母親たちの話を、しっかり聞いていたらしい。

(恵理子さん、子作りをしてるのか……)

想像したくもない場面が脳裏に浮かびそうになって、慌てて打ち消す。

恵理子と秀美が、どうして弟がいいのかをチカに訊ねる。楽しげなやりとりを、亮一は取り残された気分で耳に入れていた。

3

食事が終わり、食卓でお茶を飲みながら話を続けていると、チカがこっくりこっくりと舟を漕ぎだした。

「あら、チカちゃん、もうおねむなの？」

秀美の問いかけに、幼女が「うー」と唸るように答える。半開きの瞼が、今にも閉じてしまいそうだ。

「じゃあ、わたしたちはこれでおいとまするわ」

秀美が娘を抱き上げて言う。

「そうね。早く帰って、チカちゃんを寝かせてあげて」

「うん。ごめんね、後片付けを手伝えなくて」

「いいのよ、そんなの。あ、亮一、秀美さんたちを送ってあげて」

恵理子に言われ、亮一は「ＯＫ、わかった」と了解した。

「ごめんね、亮一クン。あ、だったら、チカをおんぶしてもらえないかしら。たぶん、すぐに眠っちゃうと思うから」

秀美のお願いも、特に図々しいとは思わず、「いいですよ」と安請け合いする。ただ、おんぶ紐《ひも》などないから、落とさないように気をつけねばならない。

もっとも、久保家までは五百メートルもないとのことだから、それほど大変ではなさそうだ。

「重くない？」

恵理子の家を出たところで、秀美が心配そうに訊ねる。

「いいえ、ちっとも」

何でもないフリを装って答えたものの、実はけっこう重かったのである。身長は一メートルちょっとぐらいだし、服の上からは華奢《きゃしゃ》に見えたから、軽いだろうとたかをくくっていたのに。

(何キロぐらいあるのかな……)

二十キロとは言わないが、十数キロはありそうだ。亮一よりも小柄な秀美が抱っこなり背負うなりするのは、かなり難しいに違いない。

おまけに、すーすーと寝息を立てているチカが背中から落ちないよう、前屈みで歩かねばならなかった。これがけっこう腰に負担がかかるのだ。

そのため、久保家に到着したときには、膝も腰もガクガクだった。

「ご苦労様。あ、このまま部屋に連れていってもらえる?」

「はい、わかりました」

恵理子のところとそれほど変わらぬ新しさの建売住宅は、一階に子供部屋があった。秀美の手を借りてベッドに寝かせても、幼女は起きることなくぐっすりと眠ったままだった。

「この子、小さい頃から寝つきがいいの。で、眠ったら朝までぐっすり。赤ちゃんのときも夜泣きが少なかったし、手がかからない子なのよ」

そう言いながら、秀美が我が子のズボンと靴下を脱がせる。下はキャラクター物のパンツのみの格好にさせてから、からだにタオルケットを掛けた。

「あら、けっこう汗をかいたのね」

振り返った人妻に言われ、亮一は額を手の甲で拭った。滲んだ汗で濡れていたことに、今になって気がつく。

「ベタベタして気持ち悪いんじゃない？　シャワーを浴びていって」

「いえ、帰って浴びますから」

「ううん。チカの面倒を見てもらったんだもの。さっぱりして帰ってちょうだい。あ、下着も洗濯するわよ。乾燥機があるから、すぐに乾くし」

「でも……」

「それじゃ、こっちに来て」

強引に話を進め、秀美が脱衣所に誘う。そこにはドラム式の洗濯機があった。乾燥機と一体型のものらしい。

「着ているものは、全部洗濯機に入れてちょうだい。まとめて洗っちゃうから。あと、バスタオルはここにあるし、あ、バスローブを持ってくるわね。先にお風呂場へ入って、シャワーを浴びてちょうだい」

まくしたてるように言い置いて、彼女が脱衣所を出る。その後ろ姿を見送ってから、亮一は肩をすくめた。

（せっかく勧めてくれたんだし、ご厚意に甘えるとするか）

それに、秀美ともう少し一緒にいたかった。あんな美人と過ごす機会なんて、そうないのだから。

洗濯物の乾燥が終わるまで、一時間ぐらいはかかるのではないか。その間、話をして、少しでも女性に慣れておけば、好きな女の子ができたときに告白する勇気も出せるだろう。

彼女と親密になりたいなんて、よからぬ期待はしていなかった。何しろ人妻だし、子供だっているのである。手を出すのは御法度《ごはっと》であり、そもそも向こうにそんな気は毛頭あるまい。

亮一は言われたとおり、着ていたものをすべて洗濯機のドラムに入れると、浴室へ移動した。

中は浴槽も洗い場も広く、亮一のマンションの狭いユニットバスとは大違いだ。壁には自動給湯のパネルがあり、カランを回したら、それほど待たなくても適温のお湯が出た。

（今度引っ越すときには、こんなふうに広いバスルームのある部屋がいいな）

シャワーノズルを手に、気持ちよく汗を流しながら希望を抱く。しかし、そんなところは家賃も高い。まずはそれに見合った収入を得なければならないのだ。

今の会社でそこまでの給料がもらえるようになるまで、何年働けばいいのだろう。恵理子ではないが、動画配信でもして副収入を得るしかなさそうだ。

そのとき、ドアの外で音がする。秀美がバスローブを持ってきたようだ。少し間があって、洗濯機のボタンを押したらしい電子音も聞こえた。

(あれ?)

亮一は妙だぞと思った。胸騒ぎもする。いや、実は先刻から、何か引っかかるものがあったのだ。

(秀美さん、さっき変なことを言わなかったか?)

バスローブを持ってくると告げたあと、確かこう言ったのである。

『先にお風呂場へ入って――』

それを、すぐにシャワーを浴びなさいという意味に受け取ったのだが、『先に』という言葉は本来そんな使われ方をしないはずだ。

(ええと、先にっていうことは、つまり後があるわけで……)

そこまで考えたとき、浴室のドアが開いた。

「え？」

振り返った亮一は、驚愕のあまりフリーズした。なぜなら、そこにいたのは一糸まとわぬ秀美だったのである。

「もう汗を流したの？」

屈託のない笑みを浮かべた彼女は、綺麗なお椀型のおっぱいを隠そうともしない。さらに驚くべきことに、股間のあるべきところに毛が一本もなかったのだ。

（え、生えてないのか？）

一瞬、そんなふうに思ったものの、三十歳で子供も産んでいる人妻が、天然のパイパンだとは考えにくい。おそらく人工的に処理したのであろう。海外セレブの影響か、近頃ではＶＩＯラインを脱毛する女性が増えていると聞く。

艶やかな肌は色白だ。乳頭が濃い赤ワイン色なのは、愛娘におっぱいを吸わせた名残なのだろうか。

それでいて、ウエストは細く引き締まっている。たるみもシワもない。産後もしっかりケアして、シェイプアップしたのであろう。

そういう魅惑のヌードゆえ、亮一が目を離せなくなったのも無理はない。ただでさえ童貞で、全裸の女性を前にするのはこれが初めてなのだ。

「そんなに見ないでよ」

悪戯っぽく睨まれ、ようやく我に返る。

「あ、ああ、す、すみません」

うろたえて目を泳がせたものの、どうかすると視線が戻ってしまう。それだけ心を奪われていたのだ。

秀美がこちらに足を進める。甘酸っぱいかぐわしさが鼻先をふわっと掠めたのと同時に、手にしたシャワーノズルを奪われた。

「わたしも汗を流すわね」

彼女は水流を肩に当てた。なめらかな肌をお湯の筋が伝い、一部は雫《しずく》となって滴り落ちる。そんな光景が、スローモーションのように映った。

亮一は身を強ばらせ、美女のシャワーシーンを見守ることしかできなかった。距離が近かったから、ちょっとでも動くと肌が触れそうだったのだ。かと言って、後ずさったら避けているように取られる恐れがある。

男の視線を間近で浴びても、秀美は気にすることなくからだを洗う。脚を開き、水流を下から股間に当てることまでした。

そんな大胆なしぐさに、亮一はドキッとさせられつつも、

（ああ、もったいない）

胸の内で残念がる。せっかくのいやらしい匂いが消えてしまうからだ。

もっとも、仮に洗わなかったとしても、そこを嗅げるとは限らない。

（ていうか、どういうつもりなんだ、秀美さん？）

ここに来て、彼女の意図が気になる。すべてをさらけ出したということは、淫らな行為に誘うつもりでいるのか。

当然ながら、亮一は期待をふくらませた。ペニスがむくむくと膨張し、水平まで持ち上がるほどに。

一方で、それでいいのかと、自らを戒《いまし》める気持ちも湧いてくる。

（恵理子さんとあそこまでしておきながら、拒まれたからって他の女性と初体験をするなんて、いい加減すぎないか？）

しかしながら、恵理子は最後まではしないと、あらかじめ断ったのである。つまり、彼女に初めてを捧げる望みは、完全に絶たれている。

それに、秀美だって人妻だ。チカという可愛い娘もいる。子供はもうひとり欲しいとも言ったから、夫と別れるつもりなどこれっぽっちもないのだ。

つまり、こうして裸体を晒したのは、単にシャワーを浴びるためということになる。

彼女も汗をかいて、早くさっぱりしたかっただけなのだ。亮一は六歳も年下だから、そもそも男として見ていないのではないか。

きっとそうだなと自身に言い聞かせたところで、

「ねえ、亮一クンって童貞でしょ」

疑問ではなく、断定の口調で秀美に言われ、絶句する。

(え、どうして知ってるんだ？)

まさか、恵理子が教えたというのか。いや、甥っ子の性体験の有無を友人に話すなんて、悪趣味なことはしないはず。

けれど、別の可能性に思い至って、亮一は全身が熱くなるのを覚えた。

(恵理子さん、自分が初体験をさせてあげられないからって、秀美さんに代わりを頼んだんじゃや——)

セックスを知らない甥を不憫《ふびん》がり、かと言って自らからだを開くわけにもいかず、友人にその役目を託したのではないか。だからこそ、秀美はこうしてオールヌードを晒しているのだとか。

しかしながら、そういうことではなかったようだ。

「やっぱりね」

秀美がふふッと満足げな笑みをこぼす。亮一はきょとんとなった。

(え、やっぱりって?)

つまり、最初からわかっていたわけではなく、カマをかけただけなのか。

「ハダカの女が目の前にいて、何もできないんだもの。完全に童貞だわ」

言われて恥ずかしくなる。怖気《おけ》づくばかりで手を出さなかったから、経験がないと見抜かれてしまったらしい。

(いや、童貞じゃなくたって、断りもなくさわるなんて無理だと思うけど)

胸の内で反論したものの、負け惜しみでしかなかったろう。

「ていうか、童貞だと思ったから、恵理子さんに頼んで呼んでもらったんだけどね」

これはさすがに予想外で、亮一は驚いた。

「え、どういうことなんですか?」

「どういうことって、亮一クンが映像制作会社に勤めているって聞いてたからよ。ほら、そういう会社で働く男は、童貞って決まってるじゃない」

グッドチューブの件といい、いくらなんでも偏見がすぎる。映像制作会社は、オタクみたいな男の集まりだと思っているのだろうか。

「いや、そんなことはないと思いますけど。ていうか、おれが童貞だったら、どうだっていうんですか？」

亮一は不満を隠せずに訊ねた。女を知らない男を眺めて、密かに面白がっていたのかと思ったのだ。

ところが、秀美は質問に答えることなくシャワーを止める。続いて、真正面からじっと見つめられたものだから、亮一は狼狽《ろうばい》した。

「な、何ですか」

「あなた、恵理子さんが好きなんでしょ」

またも事実を突きつけられたものだから、再びフリーズする。

「それから、恵理子さんと初体験がしたいのね」

そう言うなり、人妻が半勃起の筒肉を握る。ゾクッとする快美が背すじを駆けのぼり、亮一は危うく膝から崩れ落ちそうになった。

「これを恵理子さんのオマンコに挿《い》れて、童貞を捨てたいんでしょ」

濡れた指が動き、牡器官を巧みに愛撫する。たちまち血潮を漲らせたそこは、上向いて力強く脈打った。

「ひ、秀美さん」

「ふん、こんなに硬くしちゃって」

「ああ、あ、駄目」

亮一は腰をよじり、ふんふんと鼻息をこぼした。

（このひと、どうしてそんなことまでわかったんだ？）

ただカマをかけているだけとは思えない。確信はないのだとしても、疑いを抱く理由はあるはずだ。それとも、童貞だから身近な女性で初体験をしたがると、推理しただけなのか。

「否定しないってことは、やっぱりそうなのね。亮一クンが恵理子さんを見る目、やけにギラギラしていたもの」

美人妻の指摘には、亮一自身、思い当たることがあった。食卓で恵理子の裸エプロン姿など想像し、密かに股間をふくらませていたのだから。

（あれで気づかれちゃったのか）

女性とは、なんて鋭いのだろう。ただ、最初からある程度の疑念があったからこそ、見抜いたのではないだろうか。

「だけど、恵理子さんは叔母さんでしょ。作り物のアダルトビデオならいざ知らず、現実に甥と叔母がセックスするなんて健全じゃないわ。そもそも三親等の婚姻は、法律で認められていないんだし」

そんなことぐらい、亮一とてわかっている。幼い頃からずっと想い続けてきた事実も知らないで、健全じゃないなんて決めつけないでほしい。

しかしながら、それを面と向かって言える勇気は無い。与えられる快感に身をよじるのみであった。

(おれが恵理子さんといやらしいことをしたって知ったら、秀美さん、どんな顔をするんだろう)

ふと思ったものの、ふたりのあれは絶対に口外してはならない秘密なのだ。

「ホントに元気ね。けっこう立派だし、使わないなんてもったいないわ」

手にした若茎を品定めしてから、秀美がにんまりと笑う。

「ねえ、わたしが初体験をさせてあげようか」

誘いの言葉に、亮一は一気に舞いあがった。

「ほ、本当ですか?」

からかわれているだけかもしれないと危ぶみつつ、確認せずにいられない。

「ええ。元気なオチンチンをシコシコしてたら、わたしもしたくなっちゃったの」

露骨な発言にもテンションがマックスとなり、是が非でもという心境になる。

(そりゃ、本当は恵理子さんがいいけど、どうせ叶いっこないんだし)

迷ったのは、ほんの一瞬であった。

「お、おれも秀美さんとしたいです」

前のめり気味に希望を伝えると、妖艶《ようえん》な微笑が返された。

「その代わり、わたしの言うとおりにするのよ」

「はい、もちろん」

「それじゃ、出ましょ」

浴室を出ると、秀美がバスタオルで拭いてくれる。献身的にされることで、本当にセックスができるのだという気持ちが高まった。

彼女は自分のからだもざっと拭くと、

「さ、行きましょ」

亮一の手を取り、外に出ようとする。

「え、バスローブは？」

さっき、持ってくると言ったのを思い出す。だが、脱衣所には見当たらなかった。

「セックスするのに、そんなもの必要ないでしょ」

秀美は事もなげに言い、亮一を脱衣所から引っ張り出した。端《はな》っから、こういう流れに持っていくつもりだったようだ。

余所《よそ》のお宅を素っ裸で歩くのは、かなり居たたまれない。とは言え、ここの奥さんも同じくすべてを晒しているのだ。気にする必要はない。

手を引かれたまま階段を上がる。目の前でまん丸のヒップがぷりぷりとはずむものだから、劣情を煽られて分身が反り返った。

(素敵なおしりだ……)

亀頭と下腹とのあいだに、粘っこい糸が繋《つな》がる感覚がある。早くも先走り汁が溢れているようだ。

連れていかれたのは二階の一室、ダブルベッドが鎮座するそこは、夫婦の寝室に違いなかった。

すでにお客を招くことは想定済みだったみたいに、花柄のシーツが綺麗に整えられている。童貞を卒業する場所に相応《ふさわ》しい、高貴な趣《おもむき》すらあった。

期待に勃起を猛らせていると、秀美がウォークインクローゼットを開ける。中から取りだしたのはタオル地のバスローブであった。

(え、必要ないって言ったのに)

彼女はバスローブから紐をはずすと、亮一に命じた。

「ほら、そこに寝なさい」

「は、はい」

亮一は急いでベッドに上がり、身を横たえた。続いて、秀美も乗ってくる。バスローブの紐を手にして。

「両手を組んでちょうだい。お祈りするみたいに」

「こうですか？　え──」

いきなり両手首を縛《しば》られたものだから戸惑う。しかも、彼女は紐の端を、ヘッドボードの格子になったところに結わえたのである。

亮一は縛られた両手を頭上にあげた格好で、拘束されてしまった。しかも素っ裸で。

「な、何をするんですか？」

さすがに焦ったものの、身の危険は感じなかった。相手は子供のいる人妻であり、自宅で猟奇的な行為に及ぶはずがない。

秀美は問いかけには答えず、再びウォークインクローゼットに入る。持ち出したのは、ビデオカメラと三脚であった。

（え、撮影するのか？）

いったい何のためにと混乱する。まさか、恥ずかしい映像をネタに脅迫するつもりなのかと危ぶんだものの、亮一には搾り取れるほどの資産はない。

彼女はカメラを乗せた三脚をベッドの脇に固定すると、さらにもう一台、手のひらサイズのビデオカメラを手にしてベッドに上がった。

「ええと、撮影するんですか?」

恐る恐る訊ねると、「そうよ」と返される。

「な、何のために?」

「だって、せっかくの記念じゃない。童貞喪失の」

だったら、どうして拘束する必要があるのか。不満を目で訴えると、秀美に逆襲された。

「亮一クン、わたしの言うことを聞くって約束したわよね?」

「そ、それは……はい」

「こういうのが嫌なら、やめたっていいのよ」

カメラを右手に、左手でペニスを握る全裸の人妻。

「あ、ううう」

ゆるゆるとしごかれ、亮一は身をくねらせて喘いだ。

「どうするの。やめる?」

目のくらむ快感を与えられているのである。やめますなんて言えるはずがない。

「い、いえ。お願いします」

荒ぶる呼吸の下から告げると、秀美がフフッと笑った。

「素直でよろしい」

彼女は屹立から手をはずすと、ベッドのサイドテーブルにあったウエットティッシュを抜き取った。

「それじゃ、まずはオチンチンを綺麗にしてからね」

早くも滴っていたカウパー腺液が、丁寧に拭われる。撮影前の準備なのだろうか。

(ていうか、けっこう慣れてる感じだぞ)

秀美はカメラを持ったまま、左手でだけで牡器官を清めたのだ。利き手ではないのに、少しもまごつくことなく。

ビデオカメラを二台用意するぐらいである。これまで何度も、ベッドでの濡れ場を撮影したのではないか。夫を相手にして。

いや、夫とは限らない。

(もしかしたら、おれ以外にも童貞の男を連れ込んで、初体験の様子を撮影したんじゃないのか?)

チェリーボーイを食うことが趣味なのだとか。だからこそ、童貞だと決めつけた亮一を、恵理子に頼んで呼ばせたのかもしれない。

そんなことを考えるあいだに、秀美はウエットティッシュをゴミ箱に捨て、手にしたカメラの録画ボタンを押した。レンズの脇にある赤いランプが点灯したからわかったのだ。

「脚を開いて」

年下の男に開脚ポーズを取らせると、そのあいだに膝を進める。

「ふふ、童貞のオチンチン」

彼女はいきなり、牡のシンボルにカメラを近づけた。こちらからは見えないが、横に開かれた液晶モニターには、無骨な器官がアップで映っているに違いない。

(うう、恥ずかしい)

それでいて、腰の裏が妙にゾクゾクするのはなぜだろう。

「セックスをしていないからって、オチンチンが綺麗な色とは限らないのよね。ここのところ、黒ずんでるのはいっぱいオナニーをしたからなのね」

くびれのすぐ下、少したるんだところの包皮を指先でなぞりながら、秀美が解説する。事実その通りだったから、亮一は頬が熱く火照《ほて》るのを覚えた。

(そんなことまで知ってるってことは、何本もチンポを見てるんだな)

やはり童貞漁りが趣味なのではないか。

「でも、亀頭は綺麗ね。シミもないし、ツルツルしてる」

敏感な粘膜を、柔らかな指頭がこする。むず痒さを強烈にした快感に、息づかいが荒ぶった。

「ひ、秀美さん」

たまらず呼びかけてから、亮一は口をつぐんだ。情けない声まで記録されたらみっともないと思ったのだ。

「ここ、やっぱり敏感なのね」

嬉しそうに言って、人妻がカメラを横にずらす。レンズは屹立に向けたまま、ふくらみきった穂先に唇を寄せた。

そこからはみ出した舌が、艶めく粘膜をひと舐めする。

「むふッ」

鋭い快美が体幹を貫き、太い鼻息がこぼれた。

ぢゅわ……。

尿道を熱いものが伝う。あ、出たなと悟った直後、

「エッチなお汁が出てきたわよ」

秀美が嬉しそうに報告する。鈴口に透明な雫が丸く溜まっているのが、見なくてもわかった。

そして、そんなところもバッチリ撮影されているのだ。

「ねえ、フェラしてほしい？」

目を細めて訊ねられ、心臓が鼓動を音高く響かせる。

「されたことないんでしょ？」

お口での快楽奉仕は、恵理子にしてもらった。けれど、そんなことを馬鹿正直に告白する義務はない。

「は、はい」

「じゃあ、してあげるわ。童貞クンには、フェラチオって憧れだものね」

そこまで童貞心理を見抜いているのは、経験が豊富である証と言えた。おかげで、安心して身を任せられる心地になる。

秀美はビデオカメラを脇に置くと、液晶モニターを自分のほうに向け、撮影画面を確認した。口淫奉仕の場面を、しっかり記録するつもりなのだ。

それを見て、亮一はちょっと安心した。

（この映像をどこかで公表するわけじゃないんだな）

フェラチオを撮影すれば、彼女の顔もばっちり映ることになるのだ。夫と子供がいる身で、自らの痴態を世間に晒すはずがない。

秀美は肉棒の根元を握り、反り返るモノを垂直に上向かせた。その真上から唇を寄せ、切っ先にチュッとキスをする。

「あう」

亮一はたまらず腰を震わせた。そのせいで亀頭が唇からはずれ、ふたりのあいだを粘っこい糸が繋ぐ。

「このぐらいで感じてたら、あとが持たないわよ」

たしなめるように言った彼女が、再び同じ体勢になる。今度は唇をつけると少しずつ開き、紅潮した頭部を口内に誘い込んだ。

「あ、あ、ううう」

亮一は呻きつつも頭をもたげた。無骨な肉棒が、綺麗な顔に突き立てられるところを目の当たりにし、いやらしさに身震いする。

（おれ、チンポを咥《くわ》えられてる――）

しかも、三十歳の美しい人妻に。早々と初体験を済ませる男はたくさんいても、ここまでいい目にあう者は少ないのではないか。これも、この年まで童貞を守ってきたおかげなのだ。

待った甲斐があったと幸福感を嚙み締めたとき、ペニスは半分近くも温かな潤みにひたっていた。

「ンふ」

いったん止まって鼻息をこぼした秀美が、舌を回し出す。それも、ねっとりと絡みつけるようにして。

「ああ、ああ、ああ」

亮一は堪えようもなく声をあげ、体軀《たいく》を歓喜に波打たせた。

（よすぎるよ、こんなの……）

恵理子にしゃぶられたときには、畏《おそ》れ多いという気持ちになり、快感にのめり込めない部分もあったのだ。それを考慮したとしても、口戯のテクニックは明らかに秀美が優っていた。

巻きついた舌が、亀頭の段差をヌルヌルとこする。唾液もたっぷりとまといつかせ、おそらくカウパー腺液が溶け込んでいるであろうそれを、ぢゅるッと音を立ててすするのだ。そのたびに、腰が意志とは関係なくガクンとはずむ。

（同じ人妻でも、こうも違うのか！）

いや、そもそも本人が弁解したとおり、恵理子はフェラチオに慣れていなかったのだろう。一方、秀美はいかにも熟達した舌づかいで、漲りきった牡根に蕩ける悦楽を与える。

（うう、まずい）

早くも果てそうで、亮一は懸命に尻の穴を引き絞って耐えた。おそらく、そのまま一分も続けられたら、ザーメンをほとばしらせたのではないか。

ちゅぽッ――。

亀頭をひと吸いして、秀美が口をはずす、亮一は危ういところで難を逃れた。

「気持ちよかった？」

「は、はい」

「みたいね。オチンチン、お口の中でビクンビクンしてたもの」

唾液に濡れた分身を、彼女がゆるゆるとしごく。

「あ、駄目」

爆発しそうになり、亮一は焦って腰をよじった。

「あら、ごめんなさい」

秀美は手を止め、強ばりの根元を強く握った。脈打ちがおさまるのを待ってから、首をかしげて訊ねる。

「ねえ、一回出しとく？」

「え？」

「このままだと、オマンコに挿れたらすぐにイッちゃいそうだもの。せっかくの初体験なのに、それだとつまらないでしょ」

「まあ、それは……」

「若いから、何回もできるわよね。心配しなくても、わたしがちゃんと勃たせてあげるわよ」

特に心配はしてなかったものの、力強い言葉にいっそう安心できた。

「じゃあ、お願いします」

両手が使えないから、すべてを人妻に委ねるしかない。

「お任せあれ」

冗談めかして答えた秀美が、再度ペニスを口に入れる。さっきよりも深く迎え入れると、口許をキュッとすぼめ、頭を上下に振り出した。

「あ、ああっ」

亮一はのけ反り、からだのあちこちをピクピクと痙攣させた。

筒肉が唇でこすられる。そればかりか、舌が縦横に動いて、感じるポイントを適確に刺激した。

（ああ、よすぎる）

硬いはずの肉棒が、バターみたいに溶けそうだ。性感が急角度で上昇し、限界突破は時間の問題だった。

「あああ、で、出ます」

予告したのは、今が口をはずすタイミングだと思ったからである。

ところが、秀美は口淫奉仕を続ける。頭を振りながら、漲り棒をチュパチュパと強く吸い立てた。

（え、それじゃ——）

このまま口内に発射させるつもりなのか。

「も、もう出ます。あ、あ、いく」

愉悦の震えが全身に行き渡り、目の奥に火花が散る。本当にいいのかというためらいも、絶頂の波に押し流された。

「あああっ」

腰をガクガクと揺すり上げ、亮一は射精した。濃厚なエキスを、びゅるッ、びゅるッと勢いよく噴きあげる。

その間も、秀美は舌をくるくると回し続けた。おそらく、次々と溢れるザーメンをいなしていたのだろう。さらに、口からはみ出した肉胴も指の輪でこすり、左手は陰嚢も揉んでくれた。

おかげで、亮一は深い悦びにどっぷりとひたり、最後の一滴まで心置きなく放つことができた。

「も、もういいです」

絶頂曲線が下降したあとも、長々としゃぶられ続けたものだから、亮一は泣き言を告げた。過敏になった亀頭粘膜がくすぐったくて、悶絶しそうだったのだ。

ようやく口がはずされ、人妻が「ふう」とひと息つく。

(え、秀美さん?)

驚いて頭をもたげると、彼女は色めいた眼差しで見つめてきた。

「いっぱい出たわ。ドロドロして、匂いもキツかったわよ」

自身の放出物を批評されるのは、たまらなく恥ずかしい。しかし、そんなことよりも、亮一には気になることがあった。

(おれのを飲んだのか?)

青くさい牡の樹液を、秀美はすべて喉に落としたらしい。本人も言ったとおり、かなりの量が出たはずなのに。

申し訳なかったものの、絶頂後の倦怠感にまみれた亮一には、どうすることもできない。ぐったりして脚をのばし、胸を大きく上下させるばかりであった。

4

「それじゃ、今度はわたしがしてもらう番ね」

秀美の声が、どこか遠くから聞こえる。瞼を閉じ、オルガスムスの余韻にひたっていた亮一は、それがどういう意味なのか考えようともしなかった。

そのため、頭を跨《また》がれたのを察して、ようやく瞼を開く。

「え――」

目の前に、肌色のクレバスがあった。合わせ目が濡れ、何かがちょっぴりはみ出したその正体を、理解するのに時間を要した。

だが、ほんのりチーズっぽい媚香を嗅ぎ取るなり、人妻のパイパン性器であるとわかる。色素の沈着もあまり見られず、子供を産んだとは思えないほど、清らかな眺めであった。

「さ、オマンコを舐めなさい」

ストレートすぎる要請に、絶頂の名残で痺れる頭がクラクラする。

さっき、秀美は浴室で、その部分を清めたはずである。なのに、生々しいかぐわしさを取り戻しているのは、彼女自身も昂ったからに相違ない。

『元気なオチンチンをシコシコしてたら、わたしもしたくなっちゃったの――』

あの言葉は真実で、バスルームを出る前からその気になっていたのだろうか。

無毛の女芯は、間近で目にするといっそう卑猥だ。濡れているのはシャワーの名残ではなく、ラブジュースが滲み出たからであろう。

だからこそ、こんなにもいやらしくて、たまらない匂いがするのだ。

秀美が腰を落とし、濡れ割れが口許に密着する。亮一は少しもためらわず、というより心から歓迎して舌を出した。

ぬるり――。

湿っていた谷が、抵抗なく受け入れてくれる。

「あひぃ」

嬌声が聞こえ、恥芯がキュッとすぼまった。

亮一のペニスが敏感なのをからかっていたが、彼女もなかなか感じやすいようだ。内側の粘膜をねぶると、顔に乗った牝腰が切なげにわななないた。

「あ、あっ、それいいッ」

見あげると、無毛の下腹がヒクヒクと波打つ。秀美は右手にビデオカメラを持ち、恥苑を舐める亮一を撮影していたが、これでは手ブレを起こしてうまく撮れないのではないか。

それはともかく、年上で、しかもセックスを教える立場としては、未経験者に感じさせられるのはプライドが許さなかったらしい。

「や、やるじゃない。童貞のくせに」

憎まれ口を叩きながらも、息づかいが荒い。

（ということは、いつもこんなに感じるわけじゃないのかな？）

これまでチェリーボーイたちの筆下ろしをしたときにも、半ば強制的にクンニリングスをさせてきたのだろう。そのときは、ここまでいやらしい反応を見せなかったのではないか。そもそも舌を這わされただけで身悶えるほど敏感なら、プライドを保つために舐めさせないはずである。

（つまり、それだけおれがうまいってことなんだな）

恵理子も舌奉仕で絶頂させたし、天賦の才能があるのではないか。

自信を持ったことで、舌づかいが大胆になる。敏感な肉芽を狙って責めると、今にも崩れ落ちそうに腰がわなないた。

「あああ、そ、そこぉ」

お気に入りのポイントであると白状し、「うう、うッ」とよがり声を詰まらせる。

撮影が困難になったようで、秀美はとうとう、ビデオカメラをヘッドボードの台に置いた。

「すごく上手……ね、クリちゃん、もっといっぱい吸ってぇ」

はしたないおねだりに応え、包皮を脱いだ桃色の真珠を、ついばむように吸いたてる。舌も高速で律動させると、彼女はいっそう乱れた。

「気持ちいい……いやぁ、ヘンになっちゃう」

さっきまでの尊大な振る舞いが嘘のように、快楽に身を投じる人妻。素直な反応がいじらしく、もっと感じさせたくなる。

（よし、このまま——）

最後まで導こうとしたとき、秀美が不意に腰を浮かせる。

「え？」

視界が開け、口許が急に寂しくなったものだから、亮一は目をしばたたかせた。

「とってもよかったわ。亮一クンのクンニ」

見あげると、妖艶な笑みを浮かべた美貌が、こちらを見おろしていた。

（え、これで終わり？）

イクまで舐めたかったのにと、不満がこみ上げる。すると、後ずさりをした彼女が、亮一の上でからだの向きを変えた。

二階に上がるとき、階段で目にしたもっちりヒップが向けられる。麗《うるわ》しくも煽情的な眺めに目を見開くと、それがさらに接近してきた。深い谷が割れ、唾液に濡れた女陰ばかりか、隠れていた可憐なツボミも姿を現す。

（ああ、可愛い）

人妻のアヌスに、亮一は釘付けとなった。排泄のためにあるそれは、性器以上に秘められた器官とも言えよう。それでいて、すぼめた唇みたいに愛らしいから、妙に惹かれてしまう。

「今度は、後ろから舐めてちょうだい」

秀美の声に、こんなポーズを取った意図を察する。シックスナインで、互いに舐めあうつもりなのだ。

丸まるとした美尻が迫る。かなりの迫力に怯みそうになったとき、柔らかなお肉が顔面に重みをかけてきた。

「むぅ」

口許を塞がれ、亮一は呻いた。酸素を確保すべく鼻から息を吸い込めば、淫靡な甘酸っぱさに軽い目眩《めまい》を覚える。

それは閉じていた臀裂内で蒸らされ、熟成された汗の香りだった。シャワーはざっと浴びただけだったから、そちらのほうまで洗えてなかったらしい。

普通なら知ることのできない美人妻のプライバシーを暴き、亮一は有頂天になった。いっそう彼女と近づけたようで、嬉々として花園をねぶる。

「くぅううーン」

甘える子犬みたいに啼いた秀美が、さっき射精を遂げたペニスに指を絡める。握られた感じからして、そこは五割がた復活していたようだ。

うっとりする快さにも煽られて、亮一は舌奉仕を再開させた。ピチャピチャと音が立つほどに、濡れミゾをほじる。

「あん、感じる」

硬めのマシュマロみたいな臀部をプルプルと震わせ、秀美が素直な反応を示す。お返しのつもりか、半勃起状態の秘茎を温かな口内に迎えた。

　相互口淫奉仕で、互いに高め合う。おしゃぶりされ、亮一は早々に猛々しさを取り戻したものの、簡単に昇りつめそうな予兆はなかった。多量にほとばしらせたあとなのに加え、感じさせることに集中したおかげで、自身の上昇を抑えられたようだ。

　一方、秀美はさっきほどにはテクニックを発揮できない様子だ。敏感なところを執拗に責められ、乱れまいとするので精一杯の様子である。

「むふっ、ふ――うう」

　彼女がこぼす鼻息が陰嚢に当たり、繁茂する縮れ毛をそよがせる。それにも官能を高めつつ、亮一はふと悪戯心を起こした。

（おしりの穴も感じるのかな？）

　クリトリスを刺激されると、ヒクヒクと物欲しげに収縮する秘め穴。そっちも舐めてと誘っているようで、興味を惹かれる。

　亮一は舌をのばし、放射状のシワが綺麗に整った秘肛をひと舐めした。

「ン――」

　艶尻がピクッと震える。だが、何をされたのかわからなかったらしく、クレームをつけられることはなかった。

それをいいことに、なおも舌を這わせていると、尻割れがキュッと閉じた。しゃぶられていた肉根が解放される。

「え、ちょっと」

咎《とが》める声音に、亮一は首を縮めた。まずかったのかなと思えば、

「いい子ね。そんなところまで舐めてくれるなんて」

歓迎する口振りに、かえって驚く。

(ひょっとして、気持ちいいのかな？)

事実、秀美は自らヒップの位置を調節し、アナル舐めをしやすくしたのである。

「いいわよ。もっとして」

許可というよりは要望を得て、ならば遠慮なくと施しを続ける。舌先を尖《とが》らせ、シワの中心をほじるようにすると、彼女は悩ましげに喘いだ。

「くうう、く、くすぐったい」

だが、そればかりではあるまい。顎に当たる恥苑から、温かなラブジュースがトロトロとこぼれている。

「なんか、ヘンな感じ……でも、悪くないかも」

アヌスも気持ちよさげにヒクついている。

（ということは、今までここを舐められたことってないんだな）

自分は秀美の、初めての男になったのだ。嬉しくて、舌づかいにも熱が入る。魅力的な人妻の肛門を舐めるという背徳的な行為に、世界一いやらしいことをしている心持ちにもなった。

フェラチオをする余裕がなくなったのか、彼女はペニスではなく、周辺にキスを浴びせる。鼠蹊部や陰嚢に唇をつけ、チロチロと舐めくすぐった。

「あ――んぅぅ」

と、ときおり感に堪《た》えないふうな喘ぎをこぼしながら。

快感を得ているのは明らかながら、さすがに肛門への刺激だけで昇りつめることはなかった。むしろ、もどかしさが募ったのではないか。

「も、もういいわ」

秀美が腰を浮かせる。呼吸をはずませて振り返った美女は、頬がやけに赤かった。

（もうちょっと舐めたかったのに……）

亮一は正直もの足りなかったものの、

「それじゃ、いよいよ初体験ね」

言われて気持ちを切り替える。

「は、はい」

気が急いて、思わず身を起こしそうになったものの、手を縛られているから無理だった。すべて彼女に任せるしかないのだ。

秀美はヘッドボードのビデオカメラを手に持ち、牡の腰を跨いだ。左手で屹立を上向きにすると、その真上に移動する。

「もうカチカチね」

頼もしげに頬を緩め、肉槍の穂先に女芯を密着させた。

(ああ、いよいよだ)

童貞卒業の瞬間が、刻一刻と近づいている。

彼女は強ばりを動かし、亀頭を濡れ割れにこすりつけた。愛液でしっかり潤滑してから、左手を筒肉からはずす。

頭をもたげると、無毛の裂け目にめり込む肉色の棒が見えた。ふたり股間を、橋のごとく繋いでいる。

「オチンチン、オマンコの入り口に嵌まってるわよ。いよいよね」

「は、はい」

「じゃあ、童貞とサヨナラしましょ」

やけに芝居がかった台詞《せりふ》を口にする秀美は、カメラのレンズを亮一の顔に向けていた。てっきり、結合部を撮影するのかと思ったのに。

（おれの顔なんか撮っても、面白くないだろうに）

それとも、あくまでも記念だから、これでいいのだろうか。そんな疑問も、彼女が体重をかけてきたことで、どうでもよくなった。

「あ、あ、入っちゃう」

たっぷりと濡れていた蜜穴が、猛る肉棒を迎え入れる。入り口が狭く、亀頭の裾野《すその》が乗り越えるまではわずかに抵抗があったが、あとはスムーズだった。

ぬぬぬぬ――。

温かな潤みにペニスが侵入する。女体の重みを股間で受け止めるなり、分身にまつわりつくものがキュッとすぼまった。

「あああ」

亮一は首を反らし、裸身を波打たせた。内部の温かさがじんわりと染み入るにつれて、初体験を遂げた実感が湧く。

（おれ、とうとうセックスしたんだ！）

感激のあとを追うように、悦びもふくれあがった。

「あん、オチンチンが、中でビクビクいってる」

つぶやくように言って、秀美が胸を反らす。乳房がぷるんと上下にはずんだ。

「おめでとう。これで亮一クンは男になったのよ」

祝福され、亮一は喜びを隠さずに「はい」と答えた。

「うれしい?」

「はい。とっても」

「初めてのオマンコは、どんな感じ?」

あられもない問いかけに、さすがに逡巡したものの、

「ええと……温かくて、柔らかいのにキュッて締まってて、とても気持ちいいです」

得ている感覚を、ありのままに伝えた。

「そうでしょ。これがセックスなのよ」

年上らしく教えを口にして、秀美がビデオカメラを脇に置く。赤いランプが点いたままだから、撮影は続いているようだ。

「じゃあ、このまま気持ちよくなって、今度はオマンコの中にいっぱい射精しなさい」

彼女はそう言って、腰を前後に振り出した。繋がった性器が、クチュッと粘っこい

音をこぼす。

「あ、あ、あふ」

女膣で分身をこすられ、亮一は喘いだ。女性とひとつになれた感動も悦びを高め、ぐんぐん上昇する。

（これがセックスなのか）

秀美に言われたことを反芻《はんすう》し、初めての経験と快楽に身を委ねる。

一度フェラチオで達しておいて、正解だったと亮一は思った。あのまま結合したらたちまち爆発して、こんなふうに内部の感触を味わえなかったであろう。

しかしながら、今もまったく安心とは言えない。油断したら、あっ気なく果ててしまう。そうならないよう、気を引き締めていたのに、

「こういうのはどうかしら」

人妻が腰の動きに変化をつけた。前後運動はそのままだが、クイッ、クイッと、ベリーダンスのようにひねりを加えたのである。

それにより、入り口部分の締めつけが顕著になる。

「ああ、あ、ううぅ」

亮一は身をくねらせ、奥歯を強く嚙み締めた。与えられる快感が、倍近くにも跳ね

上がったのだ。

「気持ちいいでしょ」

秀美は余裕たっぷりに年下の男を責め立てる。以前にもこんなふうにして、チェリーボーイたちを翻弄《ほんろう》したのではないか。

「き、気持ちいいです。でも――」

「でも？」

「そんなにされたら……で、出ちゃいます」

「いいわよ。言ったでしょ。オマンコの中にいっぱい射精しなさいって」

だが、一度ほとばしらせたあとで、こんなに早くイッてしまったらみっともない。それは男としてのプライドが許さなかった。

ところが、薄っぺらい自尊心は、人妻によって打ち砕かれる。彼女は両膝を立てると、前屈みになってヒップを上下に振り出したのだ。

それも、ぶつかり合う股間が、パツパツと湿った音を立てるほどに。膣もいっそう締まり、強まった摩擦が目のくらむ歓喜を呼び込む。

「あ、あっ、駄目」

亮一はどうにか逃れようとしたものの、両手を縛られていては太刀打ちできない。

一方的に強烈な刺激を与えられ、喘ぐことしかできなかった。

「ほらほら、イッちゃいなさい」

さっき、クンニリングスで切なげによがっていたのが嘘のよう。秀美は笑みすら浮かべて、逆ピストンを繰り出した。

これではひとたまりもない。

「くあああ、あ、で、出ます。いく」

脳内がピンク色に染められ、呼吸がハッハッと荒ぶる。まさに搾り取られるという形容そのままに、亮一は二度目の精汁を女体の奥深くめがけて放った。

「ああ、ああ、あふぁあああっ！」

これまでになく大きな声が出たのは、最高の快楽にひたっていたからだ。

（おれ、オマンコの中に射精してる！）

ザーメンが出ているあいだも、彼女は腰を振り続けた。そのため愉悦は凄まじく、体内のエキスをすべて吸い取られる心地がした。

（どうなるんだ、いったい……）

気持ちよすぎて、恐怖心すら募ってくる。

「ううう、ぜ、全部出ました。もう残ってません」

またも情けなく降参したのは、性感曲線が下降したあとも、秀美が腰づかいをストップしなかったからだ。交わる性器がグチュグチュと、ぬかるみを踏むみたいな音を立てていた。

「本当に全部出たの？」

「はい」

「だったら許してあげるわ」

淫らな人妻は亮一の股間に坐り込み、ふうと息をついた。力を失ったペニスを膣に納めたまま、脇に置いたビデオカメラを手に取る。

「ちゃんと撮れたかしら？」

つぶやいた彼女を見あげ、亮一は気になっていたことを訊ねた。

「あの、それ、どうするんですか？」

「え、それって？」

「その、カメラの」

「ああ、セックスの動画ね。もちろん売るわよ」

さらりととんでもないことを言われ、目が点になる。

「う、売るって？」

「わたし、女性向けのアダルトビデオの、ネット販売を手がけてるのよ」

「え、女性向け？」

「そうよ。お客は会員制で、身元のしっかりしたひとばかりなの。映像の流出はないから安心しなさい」

動画の配信を考えているなどと言いながら、すでに商売としてやっていたなんて。しかも、大っぴらにできないジャンルのものを。

(てことは、おれに撮影や編集を教わりたいってのは嘘っぱちで、断りもなく男優にさせられたってことなのかよ)

童貞を卒業させてもらったことは有り難いものの、せっかくの初体験を踏みにじられた感は否《いな》めない。

とは言え、女性の処女喪失ほど、男の初体験はドラマチックではないのだ。童貞が右往左往する姿など、古今東西を問わず喜劇にされてきたのだから。

しかし、秀美の話によると、そうとは限らないらしい。

「あのね、女性に人気のあるシチュエーションのひとつが、男の子の初体験なのよ。初めて経験するフェラチオや、セックスの気持ちよさに感激して、たちまち発射しちゃうみたいな純な反応がウケるみたいね」

言われて、そういうものなのかなと首をかしげつつ、

(そうか。だから秀美さんは、おれの顔をずっと撮っていたんだな)

彼女の撮影意図をようやく理解した。女性向けだから、性器の結合部分みたいな露骨なシーンは必要ないのだろう。

もっとも、挿入前の童貞ペニスは、しっかり撮影していたが。

「ほら、男だって処女を有り難がるじゃない。女性もある年齢になると、年下の男に女を教えたいって気持ちが出てくるのよ。だから、童貞喪失の動画は人気があるの」

「じゃあ、これまでも今みたいなビデオをけっこう撮ったんですか?」

「けっこうってほどじゃないわ。片手で足りるぐらいね。童貞の子なんてなかなか知り合えないし、セッティングだけでも大変なのよ」

「だから、おれみたいに騙して、いつも縛ってたんですか?」

「騙したなんてひと聞きが悪いわね。ちゃんと体験させてあげたのに」

秀美がむくれた顔を見せる。亮一は「それはそうですけど……」と、肩をすぼめた。

「あと、縛ったのは今日が初めてよ。亮一クンは映像の会社に勤めてるし、ビデオカメラなんか出したら怪しんで、逃げ出すかもしれないじゃない。それに、毎回同じだとお客さんも飽きちゃうし、シチュエーションも変えないとね」

理由を説明してから、彼女がクスッと笑う。

「でも、亮一クンのはきっと好評よ。だって、わたしのおしりの穴まで舐めたんだもの。あれで、同じことをされたいって思う会員もけっこういるはずよ」

あのとき、カメラはヘッドボードに置かれていた。アナル舐めもしっかり撮影されたわけである。

「あの……非合法なビデオじゃないんですよね？」

「女性器はちゃんとモザイクをかけるわよ。オチンチンは薄めだけど、そっちはうるさく言われないみたいだから」

とは言え、当然ビデ倫などは通っていないのだろう。まあ、会員向けの販売なら、その必要はあるまい。見る者が限られ、流出もないのなら、顔が映っていても大丈夫かと、亮一は自らを納得させた。

「あら？」

秀美が驚いた声を洩らす。それから、艶っぽくほほ笑んだ。

「亮一クンの、また大きくなったわ」

「え？」

人妻の中で、分身がいつの間にか脈打っていたのだ。ずっと心地よい締めつけを浴びていたから完全には萎《な》えず、時間を置いたことで復活したようである。

「じゃあ、もう一回する？　今度は撮影抜きで」

期待に満ちた眼差しの誘い。彼女ももっと愉しみたいのだ。

「は、はい」

亮一は頭をもたげ、何度もうなずいた。

第三章　処女・童貞ビデオ

1

休日、亮一が部屋の掃除をしていると、ドアチャイムがピンポーンと情緒のない機械音を鳴らした。

「はいはいはい」

急いで玄関に出てドアを開ける。訪問者は恵理子であった。

「あ、ど、どうも」

そんな間柄でもないのに、他人行儀にうろたえたのは、後ろめたいことがあったからだ。

「え、なによ？」

彼女は訝る面持ちを見せたものの、気にするほどのことではないと思ったのか、

「上がってもいい？」

と、了解を求めた。

「もちろん。どうぞ」

亮一は先に部屋へとって返し、雑巾や埃取りのモップを急いで片付けた。

「あら、掃除中だったの？」

「うん。でも、もうほとんど終わったから」

「偉いのね。見違えたわ」

室内を見回し、恵理子が感心してうなずく。

部屋の古さは如何《いかん》ともし難いが、前回来たときと比べれば、雲泥の差であったろう。散らかっていないのは当然ながら、埃もないし、畳も綺麗に拭いたのだ。

部屋を掃除する気になったのは、女の子を連れ込んだときに、幻滅されたくなかったからである。もっとも、今のところ連れ込める相手などいなかったが。

それでも、いずれ彼女ができるのではないかと、希望を持てるまでになった。何しろ美しい人妻の手ほどきで、童貞を卒業したのだから。

しかしながら、それは恵理子には秘密だ。甥っ子が友人に童貞を奪われたと知った

ら、さすがに冷静でいられないだろうから。

（ていうか、どうしていきなり来たんだろう？）

事前に連絡も無くというのは、前回と一緒である。だが、思い当たる用件はない。

（まさか、秀美さんとのことを知って――）

あるいは、子持ちの美人妻が喋ったのかもしれない。だとしたらまずいと、亮一は蒼《あお》くなった。恵理子とあんなことまでしておいて、拒まれたらすぐに別の女性とだなんて、節操がなさ過ぎると軽蔑されるに違いない。

その件でお説教をしに来たのかと、亮一はビクビクしながら座布団を勧めた。

「ありがと」

恵理子が正座する。やけに背すじがピンと伸びていたものだから、亮一も気圧《けお》されるように姿勢を正した。

「あのね」

彼女は何か言いかけたものの、すぐに口ごもった。どうしようかと迷っているふうに、視線を斜め下に向ける。

そんな態度を取られれば、不吉な予感がこみ上げるというもの。

（やっぱりバレたんだ……）

ここは潔く、先に謝ったほうがよさそうだ。決心し、亮一がごめんと頭を下げようとしたとき、

「……ごめんね。わたしも、よくなかったのかもしれないわ」

逆に謝られてしまったものだから、(え?)となる。

「あの、何の話?」

「だから、前に来たとき、亮一にあれこれしちゃったこと」

恥じらいの面差しで睨まれ、亮一はうろたえた。

「あ、ああ、あれ……」

「わたしは年上だし、亮一を正しい方向に導くべき立場なのに、間違ったことをしたわけじゃない。だから、反省しなきゃと思って」

叱られるわけではないとわかっても、安心などできなかった。むしろ悲しみが募ったのは、恵理子が『間違ったことをした』と言ったからだ。

たしかにあれは、許されない行為だったのかもしれない。だが、ずっと好きだった彼女と、初めて親密な交流を持つことができたのだ。それを間違いだなんて、簡単に決めつけないでほしい。

「いや……おれは間違ってるなんて思わないけど」

思い切って反論を絞り出したものの、

「ううん。ダメなものはダメなの」

恵理子は頑なだった。自分自身に言い聞かせているようにも感じられた。

「本当は、夕食に誘った日に話すつもりだったの。だけど、チカちゃんが寝たから、亮一も秀美さんたちといっしょに帰っちゃったじゃない」

初体験をした日のことを話題にされ、亮一はドキッとした。しかし、秀美の家で何があったのか、彼女は知らないようだ。

「だから、今日は亮一のところに来たんだけど」

「そんな話をするために、わざわざ？」

「そうよ。曖昧のままにしておいていいことじゃないし、ちゃんと伝えておきたかったのよ」

もしかしたら、それだけが目的ではないのかもしれない。亮一はふと思った。恵理子は話をすることで、決意を胸に刻みつけようとしているのではないか。

つまり、叔母との親密なふれあいは、二度と無いということだ。

瞼の裏が熱くなる。無性に悲しみがこみ上げて、亮一は戸惑った。

人妻とセックスを体験して、過去の想いは吹っ切れたつもりでいた。女の子が来たときのことを考えて部屋を掃除したのだって、新たな恋を見つけようという気持ちの表れなのである。

だから、恵理子が言ったことも、素直に受け入れられるはずだった。なのに、どうしてこんなにも泣きたくなるのだろう。

（おれはまだ、恵理子さんのことが──）

初めて恋を知って以来、ずっと好きだったのである。結婚したときには祝福こそしたものの、いずれ自分の元に来てくれるのではないかと、細くて千切れそうな希望に縋っていたのだ。

そんな彼女のことを、簡単に諦めるなんてできない。まして、このあいだは、あんなに親密にふれあえたのだ。あれで終わりだなんて悲しすぎる。

「ちょっと、なんて顔してるのよ」

恵理子に叱られ、亮一はハッとなった。悲しみが募ったあまり、顔が情けなく歪んでいたようだ。

「だって……恵理子さんが冷たいことを言うから」

「冷たいって、わたしは当たり前のことを言っただけじゃない。ていうか、べつにお別れしましょうっていうんじゃないのよ。ただ、前と同じ普通の関係に戻るってだけなんだから」

などと言いつつ、亮一が手の甲で目許を拭ったものだから、憐憫《れんびん》に駆られたらしい。

「まったくもう」

憤慨したふうに眉をひそめたが、本気で怒ったわけではなかったようだ。

「こっちにいらっしゃい」

「え？」

「早く」

急かされるまま膝を進めると、恵理子に腕を引っ張られる。

「あっ」

亮一がバランスを崩して倒れ込むと、柔らかなボディが受け止めてくれた。

（ああ……）

甘い香りが鼻腔に流れ込み、うっとりする。懐かしくも新鮮な、叔母の匂い。

「わたしだって、亮一に優しくしてあげたいのよ。色んな意味で」

温かな吐息とともに、穏やかな声が耳に吹きかけられる。甘えたい気持ちがふくれあがり、亮一は彼女の背中に腕を回した。

「恵理子さん……」

「だけど、ああいうのは、やっぱりいけないことなのよ。だって、わたしには夫がいるんだもの」

「うん……わかってる」

素直にうなずいたものの、本当はわかりたくなかった。かと言って、好きなひとを苦しめるわけにはいかない。

「いい子ね」

頭を撫でられ、少年の頃に戻った気分にひたる。もっとも、子供時代に、こんなふうに恵理子から抱きしめられたことはなかった。今の彼女だからこそ、無性に甘えたくなるのである。

「おれ、恵理子さんと最後までしたいとは言わないよ。でも――」

「……でも？」

「前みたいに、恵理子さんに気持ちよくしてほしいんだ」

そんなお願いができるようになったのは、童貞を捨てて多少なりとも自信がついたからであろうか。以前の亮一だったら、そこまで思い切ったことは言えなかった。

「ば、バカ、そんなこと――」

恵理子が逡巡をあらわにする。それでも、甥っ子に上目づかいで見つめられ、邪険にできなかったらしい。

「しょうがない子ね」

あきれたふうながら、声には慈しみが感じられた。少し迷ったあと、

「手でするだけよ」

と、譲歩してくれた。

本心を言えば、お口でしてもらいたかった。けれど、欲求を押し通そうとすれば、すべておじゃんになる可能性がある。とりあえずは意向に沿ったほうがいい。

（そのうち、もっといやらしいことをしてくれるようになるかもしれないし）

今はそれに期待するしかない。

「ひょっとして、今してほしいの？」

恵理子の問いかけに、亮一は「うん」と即答した。彼女に抱きしめられたときから、分身は膨張していたのである。

「エッチなんだから」

やれやれという口調でこぼしつつ、「ここに寝なさい」と命じる。すぐに願いを叶える気になったようだ。

（ずいぶん積極的なんだな）

むしろ亮一のほうが、本当にいいのかなと戸惑う。もちろん、飛びあがりたくなるほど嬉しかったのは事実だが。

もしかしたら、もういやらしいことをしないというのは、単なるポーズだったのか。言ったところで、どうせ甥っ子は聞き入れないとわかりながら、表向きは貞淑な人妻を装ったのかもしれない。

(本当は、おれのチンポをさわりたかったんだとか)

などと推測し、いや、違うなと胸の内でかぶりを振る。叔母はそんな淫らなひとではないのだ。貶《おとし》めるような想像をするべきではない。

亮一が畳に寝そべると、恵理子がズボンに両手をかける。中のブリーフごと、まとめて脱がせた。

「え?」

驚きで目を見開いたのは、牡のシンボルがすでにそそり立っていたからであろう。

「もうこんなになってたの?」

「だって……」

さすがに恥ずかしくて、顔が熱く火照る。そのくせ、不肖のムスコは恥じ入ることなく、猛々《たけだけ》しい脈打ちを示した。

「亮一ってば、昂奮しすぎよ」

たしなめつつも、彼女はしなやかな指でペニスを握ってくれる。

「はうう」

亮一は快《こころよ》さにのけ反り、両脚をピンとのばした。三十路の人妻と初体験を遂げたあとでも、恵理子の手は格別であった。

(やっぱり、恵理子さんは最高だ)

涙ぐみたくなるほどに感じてしまう。

「こんなに硬くしちゃって」

悩ましげにつぶやき、彼女が握り手を遠慮がちに動かす。

「ああ、き、気持ちいい」

得ている感覚をストレートに伝えると、美貌がほんのり赤らんだ。

「現金ね。さっきは泣きそうになっていたくせに」

屹立を咎めるように強く握る。それも切ないまでの快感をもたらしてくれて、亮一は「あ、あっ」と声をあげた。

すると、恵理子が身を屈め、手にした強ばりに顔を近づけたのである。

「あ、駄目」

亮一は反射的に腰をよじり、逃げようとした。

フェラチオをしてくれるのかと、本来なら歓迎するところであろう。ところが、さっきまで掃除をしていたのだ。汗をかいて、股間もかなり蒸れている。

そんな恥ずかしい匂いを、大好きなひとに嗅がれたくなかった。まして、口をつけられるのなんて論外である。

「え、どうしたの？」

恵理子がきょとんとした顔を見せる。喜んでくれると思ったのに拒まれて、合点がいかない様子だ。

「あの……掃除をして汗をかいたし、汚れてるから」

理由を告げると、叔母があからさまに眉をひそめた。

「なに言ってるの。亮一だって、わたしのくさいアソコを舐めたくせに」

逆襲され、狼狽する。とは言え、あのときの仕返しをするつもりで、彼女は股間に顔を寄せたわけではないのだろう。純粋に甥っ子を悦《よろこ》ばせたくて、自ら奉仕を買って出ただけなのだ。

ところが、抵抗されたことで、かえって嗜虐心を煽《あお》られたのかもしれない。

「いいから、おとなしくしてなさい」

恵理子は強引だった。肉根をがっちりと握って離さず、そこに顔を伏せる。

（ああ、そんな……）

亮一は羞恥に身を震わせた。彼女がすんすんと嗅ぎ回ったからである。

「すごいわ……男の子のいやらしい匂いがする」

そんなことを言われて、平気でいられるはずがない。いかほどの悪臭なのかなんて、他ならぬ自分自身が一番わかっている。

もっとも、恵理子は少しも不快ではないらしい。むしろ、うっとりした表情を見せている。

「パンツの中は蒸れやすいし、匂うのは当たり前よ。それだけお掃除を頑張ったってことなんだから、気にしなくてもいいの」

などと言いながら、彼女自身も洗っていない秘部を嗅がれたときには、激しく抵抗したのである。

男と女は、相手の匂いを好ましく感じるようにできているのだろうか。そんなことを考えるなり、ふくらみきった亀頭をすっぽりと含まれた。

「ああああっ」

反射的に腰を反らしてしまい、分身が温かな淵へいっそうもぐり込む。

「ん──」

喉を突かれそうになり、顔をしかめた恵理子であったが、咎めることなく舌を回しだした。唾液を筒肉にまといつけ、匂いと味の付着したそれをぢゅるッとすする。

(ああ、そんな)

申し訳ないのに、たまらなく気持ちがいい。亮一は相反する感情に翻弄され、ひたすら喘ぐばかりであった。

手でするだけと言ったのに、どうしてここまでしてくれるのだろう。そうするとあれも、ただ取り繕うための言葉だったのか。それとも、牡の生々しいフェロモンに肉体が疼き、我慢できなくなったというのか。

いや、それだけが理由ではないのだと、亮一は悟った。

経験豊富な人妻の秀美と比較すれば、恵理子の舌づかいは決して技巧的ではない。なのに、ここまで悦びが著しいのは、愛情を込めたフェラチオだからだ。

(恵理子さんは、精一杯おれのために尽くしてくれているんだ)

弟のような甥っ子を感じさせてあげたい。その一心で奉仕していることが、ビンビンと伝わってくる。

おかげで、ペニスはギンギンだ。

「恵理子さん、すごく気持ちいい」

声を歓喜に震わせて告げると、彼女が強ばりの根元を強く握る。何も言わないでとたしなめるみたいに。

頬が赤らんでいるのは、照れくさいからだろう。そんなところは、年上と思えないぐらいに可愛い。

もう一方の手が、キュッと縮こまった急所も撫でる。くすぐったい快さに背すじがわななき、急速に上昇する感じがあった。

「あ、もう……イキそう」

裸の下半身をくねらせて訴える。しかし、恵理子は漲《みなぎ》り棒を咥えたまま、舌を忙しくピチャピチャと躍らせた。

(え、そんな)

このままでは、彼女を穢《けが》してしまう。洗っていないペニスをしゃぶられただけでも心苦しいのに、これ以上の甘えは慎むべきだ。

そうは思っても、限界は刻一刻と近づいてくる。

「ほ、ホントに出るよ。恵理子さん、精液が出ちゃうよ」

焦って告げても状況は好転しない。それどころか強く吸い立てられ、ますます窮地に陥る。

程なく、身も心も蕩《とろ》ける快感が、理性と忍耐を押し流した。

「あ、あ、あ、いく、出る」

めくるめく瞬間が訪れ、全身がガクガクと波打つ。尿道を熱いものが貫くなり、意識が飛んだ。

「むはっ！」

喘ぎの固まりと、熱い体液を同時にほとばしらせる。

（ああ、こんなのって……）

ザーメンが次々と放たれるのに合わせて、恵理子が肉根を強く吸引する。睾丸の子種をすべて吸われるのではないかと、亮一はぼんやりする頭の片隅で思った。

最後にひと吸いされ、ペニスが解放される。

「はあ」

彼女が深く息をつくのが聞こえた。ドロドロした牡汁は、すべて胃に落とされたようだ。

（ここまでしてくれるなんて——）

感激と罪悪感の両方を胸に、亮一は快い気怠さにひたるのであった。

2

今日は朝から、戸外で資料映像を撮影する仕事だった。

クルーは四人。撮影場所やアングルなどを決める演出担当と、カメラマン、それから助手がふたりだ。亮一はもちろん助手であり、荷物運びなどの雑用と、ドライバーを任された。

もうひとりの助手は、新人の武田和音である。四人の中では紅一点。先輩である演出とカメラマンに、ちやほやされるのもいつものことだ。

「和音ちゃん、このアングル、どう思う？」

などと、演出担当から意見を求められたり、

「今後のために、撮影も体験しておこうか」

と、カメラマンにビデオカメラの操作を教わったりする。まだ一年目なのに、二年目の亮一とは比べものにならない好待遇だった。

（チッ、可愛い子は得だよな）

亮一は心の中で舌打ちをした。

休憩時間になり、和音はコンビニへみんなの飲み物を買いに行った。

「和音ちゃんって処女だよな？」

「ああ。いかにも男を知らないって感じだな」

先輩ふたりが小声で話すのが耳に入った。

その点については、亮一も同じ意見だった。見た目が純情そうだし、男に対して身構えた態度をとる。警戒しているわけではなく、いかにも異性に慣れていないふうなのだ。

それこそ、ついこのあいだまでの亮一がそうだったように。

和音を狙っている男は、社内に大勢いる。だが、彼女はノリがいいわけではなく、おまけに真面目だから誘いづらい。そのため、誰もが手を出しあぐねている様子だ。

いずれは誰かがモノにするのだろうか。いい子だし、できれば穢されずにいてほしいなと思ったとき、スマホに着信があった。

「すみません。電話が来たので、向こうで話してきます」

亮一は先輩に断って、その場を離れた。なぜなら、かけてきたのが人妻の秀美だったからだ。初体験のあとで、彼女と連絡先を交換したのである。

（何の用だろう？）

もしかしたら、いやらしいお誘いなのだろうか。だったらますます、先輩たちに通話を聞かれるわけにはいかない。

「はい、梶木です」

彼らから見えない場所に移動して電話を受けると、

『ごめんね。仕事中だった？』

秀美が申し訳なさそうに訊ねる。

「いえ、休憩中です。それで、何でしょうか？」

『あのね、亮一クンに折り入ってお願いしたいことがあるの』

「お願いって？」

『急で申し訳ないんだけど、またビデオに出てもらいたいのよ』

もしかしたらと密かに期待していたものだから、亮一は胸をはずませた。

「ビデオってことは、また秀美さんと？」

人妻とのセックスを期待したものの、

『どんな内容かは、会ってから話すわ』

と、はぐらかされてしまった。

『仕事は何時ぐらいに終わるの？』

「ええと、今は出先ですけど、夕方には会社に戻る予定なので、遅くとも六時には出られると思います」

『じゃあ、池袋駅の、いけふくろうの前に六時半でどう？』

「はい。わかりました」

『それじゃ、あとでね』

通話が切れると、亮一の頬は自然と緩んだ。

（また秀美さんと、いやらしいことができるんだ）

彼女は女性向けのアダルトビデオで商売をしているのだ。そこに出演するとなれば、当然淫らな行為に及ぶことになる。

このあいだの話では、女優役は秀美しかいないそうだ。だとすれば、シチュエーションはともかく、彼女と濡れ場を演じるのは決定事項と言っていい。

（さすがに、今回は童貞喪失ものじゃないよな）

亮一はすでに顔バレしている。また同じ男が童貞役で出てきたら、会員は文句たらたらであろう。信用を失い、お客を減らすことになる。

（まあ、どんなものでも、秀美さんとできるのならいいや）

できれば、今度は違う体位でやってみたい。前回は撮影のあと、手首の縛《いまし》めも解いて人妻と二回戦に及んだのに、またも騎乗位だった。途中で彼女がからだの向きを変え、おしりが上下するのを見ながら果てたものの、ずっと受け身だったことに変わりはない。

もう童貞ではないのだから、正常位とかバックスタイルとか、こちらが攻める体位で交わりたい。そんな場面を長々と夢想していたものだから、先輩たちのところへ戻るのが遅くなってしまった。

「梶木、仕事中に長電話なんかしてるんじゃねえよ」

叱られて、亮一は平身低頭で謝罪した。気の毒そうにこちらを見る和音の視線が、無性に居たたまれなかった。

約束の五分前にいけふくろうの前に着くと、秀美はすでに来ていた。

「先に打ち合わせをしましょ」

ふたりは駅の中にあるコーヒーショップに入った。

「あれ、そう言えば、どこで撮影をするんですか？」

今さら気がついて質問すると、

「ホテルよ。部屋はもう取ってあるわ」

秀美が答える。娘のチカは、実家にあずけているそうだ。

「それから、今日の相手はわたしじゃないの」

「え、誰なんですか？」

「その前に、内容から説明すると、処女と童貞の初体験ものね」

これには、亮一は唖然となった。

「実はね、会員のリクエストで、童貞卒業の次に多いのがそれなのよ。たぶん、自分のロストバージンを投影して、甘い思い出にひたりたいのね。ただ、経験のある男に奪われちゃうと痛々しいだけだから、初めて同士のぎこちないセックスが好まれるみたい」

「……いや、でも、おれはもう童貞じゃないですよ」

童貞として二回も登場するのは無理がある。ところが、

「だいじょうぶ。亮一クンは顔がわからないように、プロレスのマスクをかぶってもらうから。目と口しか見えないやつ」

顔を隠せば問題ないという認識のようだ。

「それに、前のときは騎乗位しかしてないから、正常位は未経験でしょ。うまくできなくてまごつくだろうし、ウブな感じは出せると思うわ」

もしかしたら、こうなることを考えて、ひとつの体位しかしなかったのであろうか。

しかも、女性側が未経験となれば、すんなりといかないのは目に見えている。

そこまで考えて、亮一は重大なことに思い至った。

「え、それじゃ、おれの相手っていうのは――」

「もちろん、処女の子よ」

秀美がさらりと答える。

「処女って、だ、誰なんですか？」

思わず声の音量が上がったものだから、ハッとして口をつぐむ。ここが夕刻の客でほぼ満員の、コーヒーショップであると思い出したのだ。もっとも、ひとが多くてザワついていたおかげで、注目されずに済んだようである。

「さすがにわたしもバージンの知り合いなんていないから、ネットで募集したの。そうしたら、奇跡的にいたのよ。エッチなビデオでもかまわないから、処女を卒業したいって子が」

「それってお金が欲しいだけで、処女ってのも嘘なんじゃないですか？」

いくらなんでも、初体験をビデオ撮影で済ませても平気なんて女の子が、存在するとは思えなかった。亮一も童貞卒業を撮られたのであるが、事前に知らされていたらすんなりと受け入れられなかったであろう。

「もちろん、わたしもちゃんと確認したわよ。偽者を掴まされても困るじゃない。だから、電話でも話したし、一度本人とも会ったわ」

「じゃあ、間違いなかったんですか？」

「ええ。会った瞬間に、あ、この子は男を知らないなってピンときたもの。話をして、ますます間違いないって思えたし、いちおうアソコもチェックさせてもらったわ」

アソコということは、つまり性器を見たということなのか。

「膣がすっごく狭くて、指を挿《い》れても痛がったから、一〇〇パー処女ね」

そこまでして出演者を吟味《ぎんみ》するから、作品も好評なのだろう。会員は右肩上がりだと、このあいだ秀美が得意げに言ったのだ。

ちなみに、ビデオサイトの収入は、すべて娘の将来のために貯蓄しているとのこと。もちろん夫はそのことを知らない。

ともあれ、

「その子、これまで男性とお付き合いしたことがなくて、キスもしたことがないっていうの。ただ、処女なのが恥ずかしいから体験したいっていうんじゃなくて、何事にも自信が持てない性格が嫌なんだって。それを改善するために、一歩踏み出したいって言ってたわ」

「そんな理由で？」

「あら、男の子だって、童貞が恥ずかしいとか、単なる見栄だけで体験したがるじゃない。それと比べたら、ずっと立派だと思うけど」

亮一は耳が痛かった。そのくせ、童貞と比べて処女は大切なものだから、安易に体験しないでちゃんと守ったほうがいいと思ってしまう。自分が男で、古い価値観に縛られているためだろうか。

「でも、自信が持てないような子が、よく応募してきましたね」

「やっぱりわたしが女だから、勇気が出せたみたい。男に撮られたら何をされるかわからないけど、同性なら気持ちがわかり合えるもの。実際に会って話もしたし、彼女、安心してわたしに任せられますって言ったわ」

「で、その相手役がおれですか？」

「他に適役がいなかったのよ。前に童貞を奪った子は、みんな彼女ができて純真なところがなくなっちゃったし。その点、亮一クンならまだ日が浅くて、童貞っぽさも抜けていないもの」

馬鹿にされた気がして、亮一はムッとした。とは言え、おかげで二度目のセックスの機会が訪れたわけである。

しかしながら、重要なのは相手がどんな子なのかということだ。

「その子、何歳なんですか？」

「二十二歳よ。学生じゃなくて、お勤めしてるわ。けっこう慎重な子で、どこの会社かは教えてくれなかったけど」

「ええと、その年まで彼氏がいなかったってことは、つまり、女性としての魅力に欠けるからじゃないんですか？」

亮一は言葉を選んで訊ねた。

秀美ぐらい美人でなければできないなんて、我《わ》が儘《まま》を言うつもりはない。ただ、対面しただけで萎えるような相手だと、そもそも行為の遂行が困難である。いざというときに勃《た》たなくなったなんてみっともない場面を、撮影されたくなかった。

「ううん。むしろその逆で、とっても可愛い子よ」

「本当ですか？」

亮一が訝ったのは、女同士の可愛いという褒め言葉は、当てにならないと知っていたからである。

「本当よ。たぶん、可愛くて純情だから、まわりの男はかえって手を出しづらかったんでしょうね」

「へえ……」

「あ、写真見る？」

秀美がスマホを取り出し、画像データをスワイプする。中の一枚を表示して、前に差し出した。

「ほら、この子。可愛いでしょ」

ディスプレイに映る人物に、亮一は驚愕した。

なんと、会社の後輩である和音だったのだ。

3

セッティングしたふたりが会社の先輩後輩と知って、秀美もかなり驚いた様子だった。それでいて、だったらやめましょうと言わないあたりが彼女らしい。

「まあ、どうせ亮一クンは顔を隠すんだから、バレる心配はないわね」

と、あっけらかんとしたものだった。

「それに、和音ちゃんも緊張するだろうし、相手が誰なのか観察する余裕なんてないと思うわ」

そこまで言われて、亮一も、だったら大丈夫かという心境になったのである。

秀美が予約した部屋は、普通のシティホテルのツインルームであった。けっこう広く、ベッドはふたつともセミダブルサイズである。

カメラは前回と同じく二台。一台は三脚で固定し、もうひとつは秀美が手持ちで撮影する。そのセッティングをするあいだに、亮一はシャワーを浴びるよう言われた。

「和音ちゃんが来て、準備ができたら呼ぶから、それまでバスルームにいてちょうだい。このマスクをかぶって、あとはバスローブだけ着ればいいわ」

ひとりになると、亮一はまずシャンプーをした。今日は外の仕事だったから、けっこう汗をかいたのである。

備え付けのボディソープを使って、からだも隅々まで丁寧に洗う。和音が不快に思わないよう配慮したのはもちろんのこと、新人同士、会社で接する機会も多いから、匂いでバレるのを恐れたのだ。

(……おれ、和音ちゃんとセックスするのか)

本人が来ていないから、まだ半信半疑の心持ちである。それでも、少しずつ実感が強まっていた。

正体を隠して知り合いの処女を奪うことに、罪悪感がないわけではない。だが、あんなに可愛らしくて、しかも性格もいい子の初めてをいただけるチャンスなんて、二度とあるまい。

（……そうだよな。どれだけ恵理子さんのことが好きでも、絶対に叶わない恋なんだ。いつまでも甘えていないで、ちゃんと彼女を作ったほうがいい）

他の子と交わることで叔母を吹っ切り、新しい恋を見つけられるかもしれない。そのためにも、最後までやり遂げねばならないのだ。

などと、それっぽい理屈をこしらえたものの、本音を言えば、可愛い女の子とエッチがしたいというひと言に尽きる。

からだを拭き、バスローブを着て浴槽の縁に腰掛けていると、

「いらっしゃい。約束の時間どおりね」

ドアの外で秀美の声がした。

（あ、来た）

心臓の鼓動が大きくなる。和音が外にいるのだ。

ふたりで言葉を交わしているようだが、和音の声は小さくてよく聞こえなかった。

会社では普通に話ができる子であるが、初体験を前に緊張しているのか。

とにかく準備をしなければと、亮一はマスクを被った。昭和のプロレスラーがかぶっていたみたいな、白いシンプルなもの。目と鼻と口のところに赤い縁取りがある。

(こんなんで、本当に顔バレしないのかな?)

もっとも、鏡で確認したら、自分でも誰だよこいつと思ったぐらいである。会社の先輩だと特定されることはないだろう。

とは言え、かなり怪しい。いかにも不審人物っぽいから、引かれる恐れがある。

(こんなやつに処女を奪われたくないって、ごねるんじゃないか?)

そうなったら、秀美が説得してくれるのだろう。こちらは求められるままに動くしかないのだ。

ただ、どのぐらいの演出が入るのかも気にかかる。リアルな路線を売り物にしているようだから、すべてこちら任せなのか。

そうなったら、まごつくのは必至である。初体験は遂げても、受け身のセックスしかしたことがないのだから。

そして、秀美が撮りたいのは、そういう初々《ういうい》しい濡れ場なのだ。

コンコン――。

いきなりバスルームのドアがノックされ、ギョッとする。

「準備できた？」

秀美の声だ。

「あ、はい」

「じゃあ、出てきて。こっちも準備ＯＫだから」

ということは、和音が素っ裸で待っているのか。亮一は「いま出ます」と返事をして、急いでドアを開けた。

部屋に移動すると、ふたつ並んだベッドのひとつだけ掛け布団がどけられ、シーツの上に女性がちょこんと正座していた。

（え、和音ちゃん？）

すぐに彼女だとわからなかったのは、普段目にすることなどない、清楚な下着姿だったからだ。ブラもパンティも純白で、レースとリボンで飾られた可憐なデザインである。

加えて、目許に仮面舞踏会で使うような、銀色のマスクを着けていた。さすがに素顔を晒すのは抵抗があったらしい。

それでも髪型とか、ふっくらした頰とか、よく見れば間違いなく和音であった。服を着ているときはわからなかったが、意外とむちむちして、女らしいからだつきをしている。

彼女は亮一を見るなり肩をビクッと震わせ、俯《うつむ》いて身を堅くした。覚悟は決まっているのか、逃げ出す気配はない。

(本当に、おれなんかが相手でいいのかな)

亮一は何だか悪い気がした。和音のように愛らしい女の子なら、もっと相応しい男がいるはずなのに。

けれど、このかたちでの初体験を決めたのは彼女である。自分なんかよりもくだらない、童貞しか取り柄のない男に、処女を奪われる可能性もあったのだ。

(もしかしたら、会社で先輩たちにちやほやされるのが、鬱陶《うっとう》しかったのかもしれないな)

平等に扱ってくださいと、先輩に注文をつける勇気がほしくて、気弱な性格を変えようとしているのではないか。だとすれば、事情を知っている自分が、願いを叶えるべきだという気になってくる。

「もうカメラは回してるわよ。じゃあ、亮クンは和ちゃんの隣に坐って」

お互いの名前がわからないよう、秀美が配慮して指示を出す。亮一は無言でベッドに上がった。返事をしなかったのは、声でバレるのを恐れたのである。

並んで正座すると、隣から甘い香りが漂ってくる。恵理子や秀美と違って乳くさいというか、ミルクのような悩ましさが強かった。

（あ、これって——）

記憶が蘇る。中学、高校の頃、女子生徒の近くを通ったときに嗅いで、妙にドキドキした匂いと同じものだ。

では、これはバージン特有の体臭なのか。だとすると、秘められた部分が源泉なのかもしれない。

（待てよ。和音ちゃんは、シャワーを浴びてないんだよな）

今日は外ロケのあとで会社に戻り、亮一は片付けを終えるとすぐに退社した。和音はそのあとで、会社から真っ直ぐここに来たのではないか。

事実、もう一方のベッドには、見覚えのある彼女の服が、きちんと畳んであった。つまり、一日働いたあとの、真っ正直なフレグランスをまとっていることになる。

そんなことを考えて、股間の分身が劣情の血潮を呼び込む。早く抱き合いたいと、亮一はすっかりその気になっていた。

「それじゃあ、これからふたりにはセックスをしてもらうんだけど、どちらも未経験だし、たぶんすんなりとはいかないと思うわ。だけど、気にしないで。わたしはそういう初めて同士のぎこちない、初々しいセックスが撮りたいの。焦る必要は無いし、とにかく相手のことを思いやって成功させてちょうだい。性交だけに」

秀美は笑わせて緊張を解きほぐそうとしたらしい。ところが、余裕のないふたりには通用せず、気まずげに咳払いをした。

「そういうことだから、わたしは本当に必要なときしか指示しないし、基本は自分たちで乗り越えるつもりでいてね。特に和ちゃんは不安もあって大変だと思うけど、頑張ってちょうだい」

「はい……」

和音が神妙な面持ちでうなずく。なんて健気《けなげ》な子なのか。亮一は是が非でもうまくやらなくちゃという気になった。

「あ、そうだ」

秀美が何かを思いついたふうに、持っていたビデオカメラをベッドに置く。服を脱ぎだしたものだから、亮一は驚いた。

(え、どうして?)

まさか、撮影しながら行為に参加するつもりなのか。彼女は上下赤のセクシーなインナーのみの姿になると、再びカメラを手にした。

「わたしだけ服を着ているのも間が抜けてるし、このほうがふたりも恥ずかしくないでしょ？」

艶然とした笑みを浮かべられ、確かにそうかもと納得しつつ、

（ひょっとしたら、おれが勃たなくなったらまずいと思って、昂奮させるために下着姿になったのかも）

別の意図を思いついたが、さすがに考えすぎであろう。

「それじゃ、初めてちょうだい。よーい、スタート」

映画監督ばりに掛け声をかけ、秀美がカメラのレンズをこちらに向ける。ひと呼吸置いて、和音が正座をしたまま、こちらを向いた。

「よろしくお願いします」

「あ——こ、こちらこそ」

咄嗟に低い作り声で答えてから、亮一も彼女に向き直った。

（まずはキスからだよな）

両手を白い肩にのせると、下着姿の上半身がわずかに強ばった。

二十二歳の若い肌はなめらかだ。もっとダイレクトに感じたくなって、亮一は自分から身を寄せた。

銀のマスクから覗いていた目が閉じられる。何をされるのかわかったのだろう。恵理子とのファーストキスを思い出しながら、亮一はふっくらした唇に自分のものを重ねた。

「ん……」

和音が小さく息をこぼす。キャンディーみたいに甘酸っぱいそれを吸い込むなり、全身に甘美な衝撃が満ちた。

(おれ、和音ちゃんとキスしてる)

心臓が壊れそうに鼓動を鳴らし、その音が彼女に聞こえるのではないかと心配になった。

最初は唇を重ねるだけにして、一度離れる。和音が瞼を開くと、黒い瞳がトロンとなっていた。

(ああ、可愛い)

できればマスクを取った素顔を目にしたいが、残念ながらそれは叶わない。普段見ている彼女の愛らしい容貌を脳裏に浮かべながら、亮一はもう一度唇を寄せた。

今度は舌を入れる、大人のキスをするつもりだった。あの日、恵理子に教えられたとおりに行動したのである。

ところが、唇を開き気味にして重ねたため、呼吸をはずませていた和音と歯がぶつかってしまった。

ガチッ——。

小さな音が立ち、焦って離れる。特に痛みはなかったものの、妙に恥ずかしかった。と、いつの間にか秀美が、すぐ脇にいたのに気がつく。横目で窺うと、彼女はにんまりと笑みを浮かべていた。キスで歯がぶつかるなど、いかにも処女と童貞っぽくて満足したのではないか。

もう一度、今度は注意深くくちづけをやり直す。唇を重ねてから開き、舌を差し出すと、和音も唇をほどいて受け入れてくれた。

ふたりの舌が遠慮がちにふれあう。くすぐったさばかりでもなく、背すじが妙にゾクゾクした。

(恵理子さんとしたときも、こんな感じだったっけ?)

亮一は思い出そうとして、やめてしまった。キスの最中に他の女性のことを考えるなんて、失礼極まりないと気づいたのだ。

あとは集中して、後輩女子の吐息と唾液を味わう。

存分に堪能してから唇をはずすと、和音が縋るように倒れ込んできた。くちづけだけで達したみたいに、からだからぐんにゃりと力が抜けている。

そんな彼女を抱きとめて、わずかにしっとりした背中を撫でてあげると、ブラジャーのベルトに手が触れた。

(もう取ってもいいよな)

手探りでホックを探す。恵理子とのときは下半身しか脱がなかったし、秀美のときはいきなり素っ裸で現れたから、ブラをはずすのは初体験だ。左右のどちらが引っかける側なのかわからず、手間取ったものの、どうにかはずすことができた。

それから、半裸の処女をシーツに横たえる。

ふっくらと盛りあがった乳房が上下する。乳暈《にゅううん》は肌に紛れそうな桃色で、突起は向かって左側が陥没していた。いかにも成長途上という、あどけない眺めである。

亮一は顔を伏せると、陥没したほうの乳頭に口をつけた。むせ返りそうな乳くささに陶然となりながら。

「あん」

小さな声を洩らし、和音が裸の上半身をピクンと波打たせる。幼く見えて、ちゃんと感じるらしい。

(自分でさわることもあるのかな?)

オナニーではなくても、埋まった乳首を指でほじったことがあるのではないか。それにより、性感が発達したのかもしれない。

ほんのり甘みのある窪《くぼ》みを吸い、舌で突起を掘り起こす。

「やん……ああっ」

和音が切なげに喘ぐのに合わせて、そこがムクムクと膨張してきた。間もなく、突起がツンと飛び出した。なおも舌を躍らせてはじくと、硬くなって自己主張する。

「あ、あ、いやぁ」

本当は嫌ではないのは、甘えた声音からも明らかだ。亮一は最初から飛び出していたほうの乳首を指で摘まみ、左右同時に愛撫した。

「くうう」

快感が倍増したか、和音は下半身までくねくねさせて落ち着かない様子だ。息づかいも大きくはずんできた。

(だいぶいい感じになってきたみたいだぞ)

何も知らない女の子を、しっかり感じさせていることに男としての自信が湧く。アソコはどうなっているだろうと、乳頭を摘まんでいた指をはずし、下半身へと移動させた。

若い肢体をガードするのは、今やパンティのみである。その中心、太腿のあいだの狭いところを指でなぞると、温かな湿り気があった。

(あ、濡れてる)

彼女が高まっていることがはっきりして、ワクワクする。もっと感じさせるべく、亮一はおっぱいから口をはずした。クロッチへの愛撫に集中することにしたのだ。

和音に添い寝し、布越しに秘部をいじる。内側の窪みに沿って指を上下に動かすと、女らしく成長した腰回りが切なげにわなないた。

「あっ、あっ、ああっ」

洩れる声は単調ながらも、悦びを得ているとわかる。亮一は瞼を閉じた彼女を観察し、どこがより快いのかを探った。

「きゃふッ」

鋭い嬌声が放たれる。ヴィーナスの丘に近いところ、グミみたいな感触のはみ出しがあるのがわかった。

(ここだな)

最も敏感な真珠が隠れている場所だ。重点的に責めると頬が紅潮し、半開きの唇からせわしなく吐息がこぼれる。

「くふぅ、う、はっ、あああ」

処女なのに、やけに色っぽい喘ぎ声。肉体はしっかり大人になっていることの証である。

下腹がヒクヒクと波打ち、両膝がすり合わされる。内腿が閉じて、指を挟み込もうとした。しかし、女性の股間には隙間があるから、完全に制するのは不可能だ。

(そろそろ直にさわってもいいかな)

亮一がそう考えたとき、バスローブの裾がめくられる。尻と陰部をまる出しにされ、秀美のしわざだとわかった。

(うう、またチンポを撮られてるのか)

すでに勃起している自覚があったため、耳が熱くなる。ギンギンになったペニスを撮影するために、人妻は手を出してきたに違いない。

しかし、そればかりではなかった。

「和ちゃん、亮クンのをさわってあげて」

小声の指示に続き、和音の手が取られる。それは牡の股間へと導かれた。

「ううう」

柔らかな指が筋張った筒肉に巻きつき、亮一は呻いた。目がくらむほどに感じてしまったのだ。

おそらく反射的にそうしたのだろう、和音が秘茎を強く握り込む。直後に身を強ばらせたのは、脈打つ牡器官の逞しさに驚き、怖じ気づいたためかもしれない。

それでも、少しずつ指を移動させたのは、手にしたモノの全体像を摑もうとしてなのだろう。

快さにひたりつつ、亮一は指をパンティのゴムにくぐらせた。秘毛をかき分け、湿地帯へと至る。未だ開発されていないそこは、ヌルヌルした蜜汁にまみれていた。

(ああ、こんなに)

感じてくれたことが嬉しくて、亮一は和音にくちづけた。彼女は積極的に吸い、舌を入れると歓迎してくれた。

チュッ——ピチャピチャ……。

ふたりの舌が戯れあう。互いに性器も愛撫しているから、頭の芯が痺れるほどに気持ちがいい。

亮一は昂奮して鼻息を荒くした。可憐な舌を吸いながら、指でクリトリスをまさぐると、和音の手がお返しをするように動き出す。

（気持ちいい……）

何も経験がなくても、肉棒をしごくことで男に快感を与えられると知っていたのか。それとも、本能的にそうしたのか。

処女だから当然であるが、愛撫はぎこちない。なのに、目がくらんで腰をよじりたくなったのは、くちづけの相乗効果だったらしい。

（うう、たまらない）

貪るようなキスで情感を高め、敏感な肉芽を指頭でこする。口許からこぼれた唾液が淫靡な匂いを漂わせ、一体感も強まった。まだセックスをしていないのに、深い繋がりすら感じる。

そうやって夢中でキスと愛撫を交わしていたものだから、自身がどこまで上昇しているのか気がつかなかったのだ。

（あ、まずい）

悟ったときには手遅れで、手足の隅々まで蕩ける歓喜が行き渡る。

「ぷは――」

くちづけをほどくなり、からだがバラバラになりそうな感覚に襲われた。

「だ、駄目」

「え？」

いったい何があったのかという面持ちで、和音が握り手に力を込める。ビクンビクンと暴れる肉根を抑え込もうとしたようだ。

けれどそれは、さらなる愉悦を牡に与え、最後の瞬間への引き金となった。

びゅるんッ！

勢いよくほとばしった白濁液が、処女の腕にかかる。

「キャッ」

彼女が手を離したので、亮一はむちむちボディにしがみついた。しゃくり上げる分身を柔肌に押しつけ、めくるめく悦びに腰を震わせる。鼻息が荒ぶり、身も心も蕩ける心地にひたる。

「む――むふっ、ううう」

間もなく性感曲線が下降し、射精が終わる。脱力して和音から身を剝がし、亮一は仰向けになって胸を大きく上下させた。

（……何をやってるんだよ）

手でしごかれただけでイッてしまうなんて。情けなくてたまらない。しかも、和音は握った手を、機械的に動かしていただけだったのに。

要は昂奮しすぎたために、早々に昇りつめてしまったのだ。それこそ童貞と変わりがないではないか。

おまけに、処女の清らかな肌を、ザーメンで汚してしまった。漂う青くさい匂いにも、自己嫌悪が募る。

「一回カメラを止めるわよ」

秀美の声が、やけに遠くから聞こえた。

4

激しく落ち込む亮一とは裏腹に、秀美は満足げだった。

「よかったわ、とっても。今みたいな画《え》がほしかったのよ。亮クン、グッジョブよ」

べつに慰めているわけではなく、本心からの言葉であったらしい。おかげで多少は救われた。

それでも、倦怠感から後始末をする気にはなれなかった。亮一は仰向けで寝転がり、剝き身の股間も晒したままでいた。

飛び散った牡汁は秀美と、それから被害者である和音がティッシュで拭い取った。

「ほら、これが精液よ。和ちゃんは、見るの初めてでしょ？」

「はい……」

「感想は？」

「……不思議な匂いなんですね」

見た目や感触よりも、青くささが気になったらしい。見ると、指に付着した白濁液をしげしげと観察する処女を、人妻監督がしっかりカメラに収めていた。

秀美はバスルームから、濡らしたタオルを持ってきた。それで和音の肌と、亮一の股間も丁寧に拭ってくれる。

「むう」

射精後で過敏になった亀頭を刺激され、太い鼻息がこぼれる。くすぐったい快さにひたる亮一は、マンションの部屋で恵理子から絶頂に導かれたあとも、同じようにされたのを思い出した。

おかげで甘い気分になったものの、分身が復活とはならなかった。

(今日はもう無理かも)

と、弱気になる。それだけショックが大きかったのだ。

「じゃあ、撮影を始めるわね。あ、亮クンは寝てていいわよ」

再開の声がかけられても、どうにでもなれという心境だった。

秀美が和音に何やら耳打ちをする。レンズが向けられると、パンティのみの彼女が、亮一の脇に膝をついた。手をのばし、陰毛の上に力なく横たわった陰茎を摘まむ。

ピクン――。

思いのほか感じてしまい、腰が震える。軟らかな器官の根元を持ち、和音は持て余すようにぷらぷらと振っていたが、いきなりその真上に顔を伏せた。

（えっ⁉）

驚いて頭をもたげたときには、ペニスは可憐な唇の中に入り込んでいた。

ぴちゃ……チュウッ。

舌が遠慮がちに回り、唾液にまみれた柔茎が吸われる。腰の裏がゾクゾクする悦びが生じて、亮一はシーツに後頭部を戻した。

（和音ちゃんが、おれのチンポをしゃぶってる……）

まだ男を知らない、キスもさっき経験したばかりの可愛い女の子が、フェラチオをしているのだ。しかも、ザーメンを多量に放ったばかりの牡器官を。

申し訳なくてたまらないのに、罪悪感と背徳感が悦びをふくれあがらせる。そのため、海綿体に血液が集まった。

「んぅ？」

膨張する肉根に、和音が目を白黒させる。それでも舌を動かし続け、口内に溜まった唾液をすすった。

(ああ、こんなことまでしてくれるなんて)

献身的な奉仕に感激し、落ち込んでいた気持ちも上向いた。

「はあ」

しゃぶり疲れたか、和音が顔をあげてひと息つく。五分もしていなかったはずでも、何しろ初めてなのだ。最初から長くするのは困難だろう。

それに、亮一はすでに完全復活を遂げていた。

「あん、すごい」

唾液に濡れ、肉色も生々しい漲り棒を、ちんまりした手がためらいがちに握る。硬さを確認して、和音が悩ましげに眉根を寄せた。これで処女地を切り裂かれる場面を想像したのか。

亮一は身を起こし、彼女の肩に手をかけた。

「今度は、おれがするから」

その意味を理解したのか定かではないものの、和音が小さくうなずく。促されるまま、シーツに身を横たえた。

肩に残っていたバスローブを脱ぎ、亮一は先に全裸になった。続いて、処女を守る砦《とりで》たる、頼りない薄物に指をかける。

和音は抵抗しなかった。若尻を浮かせて、脱がされるのに協力する。初めてを捧げる意志は、とっくに固まっていたようだ。

それでも、脚を開かされると「いやぁ」と恥じらい、顔を両手で覆った。

(これが和音ちゃんの――)

あらわに晒された処女の秘苑に、亮一は目を瞠《みは》った。顔を近づけ、今しか見られない光景を網膜に焼きつける。

陰毛はそれほど濃くなくて、恥丘にいびつな菱形を描くのみ。淫芯の両サイドには生えていなかった。

その部分、ふっくらした大陰唇に両手を添え、左右にそっとくつろげる。小さな花びらが分かれて、狭間に淡いピンク色の粘膜が覗いた。

恵理子に性教育をされたときのことを思い出す。あのとき、尿道口と膣口を確認したが、和音のものはわかりづらい。オシッコの穴は、それらしき針穴みたいなものをどうにか発見した。

膣の入り口も、かなり小さい。フリル状の粘膜が、入り口を狭めているようである。これが処女膜なのだろう。

「そ、そんなに見ないでください」

和音が声を震わせてなじる。初体験の覚悟はできていても、性器を観察されるのは羞恥が著しいに違いない。

「ちゃんと見ておかないと、挿れられないからさ」

適当な理由を口にすると、彼女は黙った。それなら仕方ないと諦めたらしい。初めて同士であると信じ込んでいるのだ。

今のうちにと、亮一はさらに顔を近づけた。

処女の正直な香りが色濃くなる。チーズっぽい匂いと、わずかなナマぐささ。そこに酸味もミックスされた、悩ましいフレグランスだ。

(ああ、たまらない)

小鼻をふくらませて漂うものを吸い込むと、それを悟ったみたいに蜜芯がキュッとすぼまる。

「もういいですよね?」

確認する声は、一刻も早くこの辱《はずかし》めから逃れたいと訴えていた。

しかし、このまま引き下がるわけにはいかない。まだやるべきことが残っている。逃げられないように若腰を両手で捕まえると、亮一は清らかな陰部に顔を埋めた。

「え——」

和音が身を堅くする。何をされたのか、咄嗟にはわからなかったようだ。

それでも、亮一が舌を窪みに差し入れ、粘つきにまみれた粘膜を舐めると、ようやく悟ったらしい。

「イヤッ！」

悲鳴をあげ、太腿をキツく閉じる。だが、敏感な肉芽をほじるようにねぶると、途端に裸身から力が抜けた。

「あああ」

敏感なところを責められて、文字通り腰砕けになったようだ。

「だ、ダメです、そこ……よ、汚れてるんですぅ」

泣きべそ声の訴えに耳を貸すぐらいなら、最初からこんなことはしない。亮一は無視して舌を躍らせ、ほんのり塩気のある恥苑を味わった。

クンニリングスをするのは三人目だ。秘所の匂いも蜜の味も三者三様で、みんな違う。あとでブラインドテストをされても、誰のものか当てるのは無理だろうが、それぞれ異なっているのは確かだ。
もちろん、どれがいいというものではない。みんな好ましいのである。
こちらは手でイカされたのだから、できればお返しに舌で絶頂させたい。それには
ピンポイントで秘核を狙うのが確実だろう。
抵抗しなくなったのを幸いと、亮一は指で陰核包皮をめくりあげ、桃色の突起を直
舐めした。しかも、舌を高速で律動させて。
「あ、あ、あ、ダメダメダメぇ」
和音の反応は鋭敏だった。舐められるのは当然初めてでも、自らの指で快感を得た
ことはありそうだ。でなければ、ここまで感じないのではないか。
だったら絶頂したこともあるはずと、桃色真珠をひたすら舐めまくる。
上目づかいで確認すれば、下腹が忙しく波打つのが見えた。その向こうにある乳房
が、ゼリーみたいに揺れている。
「イヤイヤ、そんなにされたら……へ、ヘンになりますぅ」
呼吸を荒くするバージンは、いよいよ極まってきたふうだ。恵理子のように、彼女
もいきなり達するのかと思えば、
「あ、あ、イクッ、イクッ」

焦った声でオルガスムスを予告し、ヒップを浮かせてのけ反った。

「う、ううう――むふっ」

呻いて硬直したのち、がっくりと脱力する。昇りつめたのだ。

(おれ、和音ちゃんをイカせたんだ)

感動と誇らしさが胸に満ちて、自然と頰が緩む。身を起こすと、全裸の処女は手足をシーツに投げ出し、疲れ切ったような呼吸を繰り返していた。

亮一は深い満足感にひたった。けれど、これで終わりではない。これからがいよいよ本番なのである。

反り返る分身を握れば、鉄のごとく硬い。これを和音の中に挿れるのだ。

逸る気持ちをなだめながら、亮一は彼女に身を重ねた。肉槍の穂先で濡れ園を探り、入るべきところにあてがう。

(ここだな)

窪んでいるし、奥まで入っていきそうな感じがある。たぶん間違いあるまい。

それでも、本人に確認したほうがいいだろうと声をかける。

「だいじょうぶ?」

すると、閉じていた瞼がゆっくりと開いた。

「あ――」

亮一と目が合うなり、和音が頰を真っ赤にして視線を逸らす。クンニリングスでイカされたのを思い出し、居たたまれなくなったのだろう。

しかし、今はそんな場合ではないのだと、行為を進めることでわからせる。

「ねえ、ここでいいの?」

問いかけに、彼女が戸惑いを浮かべた。何を訊かれたのかわからなかったようだ。

それでも、股間にある硬いモノに気がついて、表情を強ばらせる。

「ここで合ってる?」

もう一度訊ねると、考え込むように眉をひそめてから、

「たぶん」

と、頼りない返事をした。初めてだから、よくわからないのかもしれない。

(いいさ。失敗したら、やり直せばいいんだから)

秀美も、初めて同士のぎこちないセックスが撮りたいと言った。さっき、亮一が早々に昇りつめたように、うまくいかないからこそ見応えがあるはず。

亮一はペニスの手をはずした。尖端は目標をしっかり捉えているから、はずれる心配はなかった。

「それじゃ、挿れるよ」

いよいよであることを告げると、和音が無言でうなずく。怖くて目をつぶるのかと思えば、しっかり開けていた。

(強いんだな)

女性の場合、初めては痛い場合が多いと聞く。それは彼女も知っているのだろう。なのに逃げようとしないのは、是非とも自分を変えたいという、確固とした意志があるからだ。

その願いを叶えるべく、亮一は処女地に身を沈めた。

「ううっ」

和音が顔をしかめる。己身の切っ先は行く手を阻《はば》まれ、強い抵抗を浴びていた。

それでも、ここは心を鬼にして進まなければならない。

クンニリングスで昇りつめたおかげで、女芯は愛液が豊潤に溢れている。また、多少は粘膜もほぐれていたのではないか。

真っ直ぐに進むと、頭部が徐々に埋没する。狭い入り口を圧し広げる感覚があり、今にもそこがぷちっと切れそうだ。

「力を抜いて」

声をかけると、和音がふうと息を吐く。その瞬間、抵抗が緩んだのを、亮一は逃さなかった。

(今だっ！)

一気に攻め入ると、径の太い亀頭の裾野が、狭まりをぬるんと乗り越えた。

「あああっ！」

悲痛な声をあげてしがみついてきた彼女を抱きしめ、分身を根元まで侵入させる。ふたりの陰部が重なり、それ以上は進めなくなった。

(入った――)

ペニス全体が強く締めつけられている。特に入り口部分が著しく、ズキズキして熱を帯びているようだ。処女膜が切れて、出血したのかもしれない。

「うう、う――つうぅ」

和音は呻きどおしだった。やはり痛みがあるようだ。

「だいじょうぶかい？」

亮一が気遣うと、「ええ」と答える。まったく健気な子だ。

「おれたち、ひとつになってるよ」

これに、彼女が何度もうなずく。マスクの下から、涙の雫がこぼれた。

「痛い？」

「……ちょっとだけ」

ずっと顔をしかめっぱなしだから、ちょっとだけとは思えない。それでも、抱き合ってじっとしているうちに、いくらか楽になったようだ。

「はあ……」

和音が息を吐き、身をもぞつかせる。膣の締めつけも、少し緩んだ。

「わたし、しちゃったのね」

つぶやいた彼女は、喜んでいるとも後悔しているとも取れる、複雑な面差しだ。マスクをしていても素顔を知っているから、そのぐらいはわかる。

「うん。おれもしちゃった」

同じであることを伝えると、はにかんだ笑みがこぼれた。

「わたしたち、いっしょにオトナになったんですね」

「そうだよ」

実際は違うのであるが、罪悪感は湧いてこない。亮一自身、本当に初体験を遂げた心持ちになっていた。何しろ、一方的に奪われたのではなく、自分から女体に突入したのだから。

ふたりのやりとりは、すべて撮影されている。けれど、すぐ近くにいる人妻のことなど、ふたりは忘れていた。初めてを捧げあった男女の、甘いひとときにどっぷりとひたっていたのだ。

「初めてのエッチって、どんな感じですか？」

今度は和音に質問され、亮一は正直に答えた。

「すごく気持ちいい。女性のからだって素晴らしいって、心から思うよ」

「いいですね。わたしは、まだちょっと痛いです」

彼女も本心を口にして、照れくさそうに舌を出す。なんて可愛いのかと、亮一は募る情動のままにくちづけた。

「ン──」

和音も小鼻をふくらませ、熱烈に吸ってくれる。ふたりは舌を絡ませ、温かな唾液を飲みあった。

その間、性器は繫がったままで、締めつけ以外の刺激を受けていない。にもかかわらず、亮一は順調に高まっていた。

手で発射したときと一緒で、濃厚なキスが昂《たかぶ》りを煽っていたようである。動いたら彼女は痛がるであろうし、むしろ好都合だ。

（あ、いきそうだ）

いよいよ頂上が迫り、唇をはずす。

「おれ、もうすぐだよ」

息をはずませながら告げると、和音がきょとんとした顔を見せる。咄嗟には理解できなかったようでも、体内で雄々しく脈打つものに、そうかと悟ったらしい。

「え、ホントですか？」

「うん。和ね——か、和ちゃんとのキスがすごく気持ちよくて、我慢できなくなったんだ」

危うく本名を口にしそうになり、大いに焦る。幸いにも、彼女には気づかれずに済んだ。

「だったら、いいですよ。このまま中でイッても」

「え、本当に？」

「はい。わたし、安全な日ですから」

せっかくの初体験なのだから、最初から牡の精を浴びるつもりでいたのか。

「じゃあ、またキスしてもいい？」

「はい、もちろん」

ふたりは再度唇を重ね、抱擁して手足も深く絡ませた。互いの肌をまさぐって歓喜が高まり、めくるめく瞬間が訪れる。

（あ、いく）

亮一は和音を強く抱きしめ、腰を震わせて射精した。若い女体と溶け合う錯覚にひたりながら。

びゅる、びゅくん――。

目のくらむ愉悦を伴い、ザーメンが幾度もほとばしった。

「ふは――」

くちづけをほどき、荒い息づかいを示す亮一の背中を、和音が優しく撫でてくれる。

それにもうっとりしたとき、

「ふたりとも素晴らしいわ。最高の作品が撮れたわ！」

秀美の感極まった声が聞こえた。

第四章　最初で最後の快楽

1

「おはようございます」

翌日、出社するなり和音と顔を合わせ、しかも明るく挨拶をされたものだから、亮一はうろたえた。

「あ——お、おはよう」

つっかえながらも挨拶を返すなり、彼女が怪訝な面持ちを見せたものだから、心臓がとまりそうになった。

(まずい。バレたのか?)

処女を捧げた相手が、目の前にいる職場の先輩であると、気づかれてしまったのではないか。

昨日は終わったあと、和音が先にシャワーを浴びた。続いて、亮一がバスルームに入った。

ほのかに漂う彼女の残り香を嗅ぎ、うっとりしてシャワーを浴びながら、亮一は不安に襲われた。和音がこちらの正体に気づいたのではないかと、心配になったのだ。

マスクをしていたから、顔はわからなかったはず。だが、途中から声を変えることを忘れ、普通に喋ってしまった。そのことを思い出し、これはまずいと頭を抱えた。

そして、恐る恐る部屋に戻れば、和音はすでにいなかった。着替えてすぐに帰ったと、秀美が言った。

もしかしたら、初体験をした相手が誰なのかわかり、居たたまれなくなって逃げ出したのではないか。

変わった様子がなかったか訊ねたところ、秀美は『べつに普通だったわ』と答えた。ただ、撮影で昂奮したらしい人妻から迫られ、そのまま一戦交えたから、彼女の言うことは当てにならない。とにかくヤリたくてからだが火照《ほて》り、気もそぞろで和音のことなど見ていなかった可能性がある。

とにかく、しばらく和音とは距離を取ったほうがいい。昨日の段階では気がついていなくても、何かのはずみでもしやと疑われる恐れがある。女性は初めての男を、決して忘れないなんて話も聞くから。

そのため、注意していたはずなのに、いきなりご対面してしまったのである。

（落ち着けよ。妙な態度を取ったら怪しまれるぞ）

懸命に自分に言い聞かせても、探るような彼女の眼差しに、背中を嫌な汗が伝う。

その場から走って逃げ出したくなったとき、

「おっはよー、和音ちゃん」

昨日、外ロケが一緒だった先輩が唐突に現れ、事なきを得る。

「あ――おはようございます」

和音は後ずさり気味に挨拶をした。

「今日は、どこを手伝うように言われてるの？」

「ええと、上村《かみむら》さんの班で、編集と録音の作業があるそうなので、そちらに」

亮一の会社ではスタッフをいくつもの班に分け、仕事を分担している。また、班を跨いで作業に当たる専門職もいた。三年目ぐらいまでの新人は、仕事を覚えるために各班の手伝いや、他に会社の雑用をさせられるのだ。

「それだとやることはあまりないんじゃないの？　ウチは今日も外ロケなんだけど、

手伝ってよ。上村には、オレが話しとくから」

　これまでの和音なら、強引な先輩に押し切られるところである。ところが、

「ダメです。わたし、編集もしっかり勉強したいので、今日はお手伝いできません」

　きっぱり断られ、先輩は気圧されたふうに目をぱちくりさせた。

「あ、いや——そ、そう？」

「それに、ロケの手伝いだったら、こんな急に決めるんじゃなくて、前もってメンバーを確保したほうがいいですよ。準備だって必要なんですから」

　真っ当なアドバイスまでされて、彼はぐうの音も出なかったようだ。

「ああ、うん……そうするよ」

「それじゃ」

　和音がその場を立ち去る。ジーンズのヒップを、見せつけるようにぷりぷりと揺らして。

　彼女の後ろ姿を見送り、先輩がぽつりと言う。

「和音ちゃん、なんか変わったな」

「そうですか？」

　亮一が訊ねると、彼は「うん」とうなずいた。

「なんか、やけに明るくなったし、堂々としてる。垢《あか》抜けた感じもするな」

「垢抜けたって、着ているものは前といっしょですよ。メイクだって」

「外見じゃなくて、中身だよ」

先輩はやれやれというふうにため息をつき、

「彼氏でもできたのかな……」

残念そうにつぶやいた。

和音が変わった理由なんて、ひとつしかない。昨日の処女喪失だ。本人が望んだとおり、あれがきっかけになったらしい。

「おい、梶木は今日の予定、決まってるのか？」

「いいえ、まだです」

「だったら、ウチの手伝いをやってくれ。運転も頼むな」

「わかりました」

ロケの準備のため備品室に向かった亮一は、再び和音を見かけた。編集室へ行くのだろう。

すると、彼女もこちらに気がついて振り返る。

（え？）

亮一はドキッとした。和音がニッコリとほほ笑み、鼻の前で人差し指を立てたのだ。
《秘密ね——》
細まった目が、そう言ったように見える。それは一瞬のことで、彼女は踵《きびす》を返し、さっさと行ってしまった。
亮一は茫然として、その場に立ち尽くした。

2

休日に恵理子から連絡があった。試しに動画を撮ったから、見てもらいたいという。

急いで向かったところ、家には彼女ひとりであった。夫は昨日から出張とのこと。

「休みだってのに、仕事ばっかり。なのに、お給料は据え置きなんだもの。やんなっちゃうわ」

恵理子が不満をあらわに愚痴る。だからこそ動画でひと儲けしたいと、顔に書いてあった。

動画はスマホで撮影したのかと思えば、ビデオカメラだった。三脚もちゃんとある。新婚時代に購入し、その頃は旅行先などでけっこう使ったらしいが、最近は充電すらしていなかったそうだ。

（もう、そこまでラブラブじゃないってことなのかな？）

もっとも、夫の仕事が忙しくて、それどころではないだけかもしれない。ともあれ、ビデオカメラをテレビに接続し、大きな画面に映し出されたのは、キッチンで料理をする恵理子の姿だった。

「編集とかしていないし、ＮＧもそのままだけど、とりあえず見てちょうだい」

「うん、わかった」

リビングのソファで、ふたり並んで鑑賞する。距離が近く、叔母の甘い香りや、ソファに深く沈むジーンズのヒップが気になったものの、亮一は理性を振り絞ってテレビ画面に集中した。

映像そのものは、よく撮れていた。カメラのマイクの性能がいいのか、音声も聞きやすい。三脚を使っていて、素人の映像にありがちな手ブレもなかった。何より、エプロンを着けた恵理子が、たまらなくチャーミングだったのだ。

しかし、問題は中身である。

「どうだった？」

見終わってからの質問に、亮一はどう答えればいいのかと悩んだ。綺麗な人妻が料理をするのを見るだけで満足という人間を除けば、正直なところ、需要がほとんどなさそうだったのだ。

「ええと、綺麗に撮れてるし、編集すればちゃんと見られるものになると思うけど」

「けど？」

「再生数を増やすのは、たぶん厳しいかな」

ストレートな批判は避けたものの、甥っ子がずっと眉をひそめていたものだから、これは駄目なのだと彼女は悟ったらしい。

「んー、でも、わたしに撮れるのなんてこれぐらいだし」

恵理子も困った顔を見せた。

ネット動画にありがちな企画を真似したところで、すぐに飽きられてしまうだろう。やはり彼女に合ったもの、彼女にしかできないことを動画にするべきだ。

ただ、それが何なのか、おいそれと妙案など浮かばなかった。

「恵理子さんは素敵な女性だし、料理をするところも画になってたけど、もっと恵理子さんのいいところ、他のひとが真似できない魅力を出したほうがいいと思うんだ」

「魅力ったって、自分じゃよくわからないもの」

恵理子がむくれ顔を見せる。

「だったら、亮一が考えてよ。長い付き合いなんだし、わたしのことを昔から見てるんだから」

体よく押しつけられ、ますます困ってしまう。

(長い付き合いったって……)

昔から大好きで、できれば独占したいのだ。ネットで不特定多数に見られるような状況には置きたくない。それが亮一の本音だった。

その一方で、いい提案ができれば、ご褒美にエッチなことをしてくれるかもと、下心も湧いてくる。

(ええい、そんなことを考えている場合じゃないんだ)

とにかく、彼女のいいところをと考えて、不意にあることを思い出す。

「あ、そう言えば」

口に出すなり、恵理子が詰め寄ってきた。

「なに、いいのがあったの？」

「あ、ええと……恵理子さん、憶えてるかな？　おれが受験で悩んでたとき、相談にのってくれたことがあったよね」

「え、いつ？」

「中学三年のとき」

当時、彼女は会社勤めをしていたが、夏休みが取れて帰省したのである。

「あのとき、おれは志望校を決めるのに悩んでて、恵理子さんに相談したんだけど——」

その頃は学力が伸び悩み、もともと目標としていた高校は難しいと、亮一は担任に言われたのだ。焦りから弱気になり、ランクをひとつ下げたほうがいいかもと思い始めていた。

「恵理子さんは、おれの話をちゃんと聞いてくれて、どっちがいいって言い方はしなかったんだよね。ただ、おれがその先どうしたいのか、高校のことだけじゃなくて将来のことも話させて、だったら答えは出てるじゃないって言ったんだ」

「そうだったっけ?」

恵理子が首をかしげる。眉間にシワが寄っていたから、本当に憶えていないらしい。

「おかげで、おれはやる気になって、志望していた高校にも合格できたんだ」

「ふうん。でも、それが動画とどう関係があるの?」

「だから、悩み相談なんてどうかな。視聴者の悩みを、綺麗な奥さん——お姉さんが解決しますってやつ。料理とかの家事よりも、そっちのほうが断然いいと思うし、見てくれるひととの交流もできて、ただ動画を配信するだけよりもやりがいがあるんじゃないかな」

「なるほど……いいかもしれないわね」

納得顔でうなずいた叔母が、口許をほころばせる。

「だったら、さっそくやってみましょ」

「え、さっそく？」

「亮一が相談者になって、わたしに悩みを打ち明けてちょうだい。で、うまく解決できるかどうか、実際に撮影してみるの」

「いや、あの」

「準備をするあいだに、何を相談するか考えておいて。あ、本気でやりたいから、作り話じゃなくてガチの悩みね」

言い置いて、恵理子が撮影の準備をする。三脚を床に設置し、その上にビデオカメラをセットした。

（ガチの悩みって……）

亮一は困惑した。悩みがないのではない。むしろ、是非とも解決してもらいたいものがあった。

しかし、そのことは彼女も知っているはずなのだ。

「さ、いいわよ」

カメラのセッティングを終え、恵理子が再び隣に腰掛ける。画面を確認する液晶モニターは、こちらに向けられていた。

「亮一は、わたしの方を向いて」

「え、こう？」

「うん。あ、いい感じね」

カメラは亮一の背中側にあり、肩越しに彼女を捉えるアングルのようだ。

「これ、そのままネットに流すの？」

確認すると、恵理子は首を横に振った。

「ううん、あくまでもテストよ。だいたい、メイクもしてないし、服だって普段着だもの」

「ああ……」

「だから、気楽に相談してちょうだい」

要は、受け答えの感じをあとでチェックするための撮影らしい。本当に悩み相談を配信するとなれば、相談者をいちいち招くこともないだろうし。そのときはメールか電話、ビデオ通話を使うことになるのではないか。

「じゃ、始めるわよ」

恵理子がカメラのリモコンを操作する。ピコッと、小さな電子音が後ろから聞こえた。

「はい。恵理子のお悩み相談室、第一回です。今日の相談者は、東京都にお住まいのR・K君です。では、さっそくR君の悩みを教えてください」

テストと言いながら、甥っ子をいちいちイニシャルで呼ぶあたり、本番を意識しているようだ。ともあれ、いきなり撮影が始まったものだから、亮一は追い込まれてしまった。

(ええい。だったらかまわないさ)

ネットで流れるわけではないのだし、恵理子もガチでと言ったのだ。何より、彼女の本心が聞きたかった。

「ええと、恋愛の悩みなんですけど」

この切り出しに、恵理子が驚いたように目を見開く。いつの間に好きな子ができたのかと思ったのだろうか。

それでも、年上らしく余裕を見せ、「はい。どうぞ」と促した。

「あの、おれ、ずっと前から好きなひとがいるんです。綺麗で、優しくて、この世で最高の女性だと思ってます」

「うん……」

「だけど、そのひとは結婚していて、いくら好きになっても振り向いてもらえないんです。だからって忘れることもできなくて、おれはどうすればいいんでしょうか」

亮一は内心、ビクビクしていた。どうしてそんな相談をするのかと、叱られるかもしれなかったからだ。

ところが、彼女は真剣な面差しで、こちらをじっと見つめる。亮一は息苦しさを覚えた。

「R君は、自分の気持ちをそのひとに伝えたの？」

わかっているくせにと思いつつ、「はい」とうなずく。

「それで、そのひとの返事は？」

「あ、ええと……夫がいるから、気持ちには応えられないって」

「本当にそう言ったの？」

確認され、亮一は（え？）となった。他ならぬ恵理子自身が、『わたしには夫がいるんだもの』と告げたのである。

返答に窮していると、彼女が質問の言葉を変えた。

「その人妻さんは、R君のことを拒んだの？」

「拒んだっていうか――いえ、そういうわけではないですけど」

「じゃあ、何をしてくれたの？」

さすがに口には出せず、亮一は押し黙った。恵理子も無理に言わせようとはせず、

「そうすると、気持ちに応えてないとは言えないわよね」

と、諭すように言った。

「そうですね……」

素直に認め、馬鹿なことを相談したと後悔する。願いを叶えてくれた叔母の気持ちを考えずに、もっとしてほしいと駄々をこねているようなものではないか。

すると、彼女が優しく問いかける。

「だけど、亮一がこうしてわたしに相談したのは、まだしてほしいことがあるからなのね」

亮一はドキッとした。恵理子がここに来て、イニシャルではなく本当の名前を口にしたからだ。

つまり、これはテストやシミュレーションではないということになる。

「うん……ある」

亮一も普段のままの言葉遣いに戻した。

「何をしてもらいたいの？」

真っ直ぐな問いかけに、コクッとナマ唾を呑む。ためらいの感情が頭をもたげたが、それよりも積年の恋心が勝っていた。

「……おれ、恵理子さんとセックスしたい。恵理子さんに、童貞を卒業させてもらいたいんだ」

秀美から女を教えられ、和音の処女も奪ったのである。童貞を卒業したいなんて、完全に嘘っぱちだ。

しかし、罪悪感はない。順番が狂っただけで、もともと恵理子と初体験を遂げるつもりだったのだから。

「そう……」

小さくうなずいた恵理子が、じっと見つめてくる。亮一も目を逸らさず、最愛のひとと視線を交わした。

そのまま、どれほどの時間が経過しただろうか。

恵理子がすっと立ちあがる。亮一の背後、カメラのほうに進むと、電源を切った。

「ちょっと待ってて」

掠《かす》れた声で言い残し、彼女はリビングを出て行った。

「はあ——」

亮一は大きく息をついた。呼吸をするのもためらわれるような緊張感から、ようやく解放されたのだ。

(待ってて、どういうことなんだろう?)

セックスを求めたのに、恵理子は拒まなかった。ただ、イエスとも言ってないから、返事を待ってほしいということなのか。

そのとき、ガス給湯器の動作音が聞こえた。くぐもった水音もする。バスルームのほうからだ。

(恵理子さん、シャワーを浴びてるんだ!)

では、OKなのか。喜びのあまり、思わずソファから立ちあがった亮一であったが、まだそうと決まったわけではない。

(だけど、また手か口でってこともあり得るんだよな)

射精してすっきりすれば引き下がるだろうと、簡単に考えているのかもしれない。

ただ、さすがにそれだけではゴネるかもと、オールヌードを見せるつもりなのだとか。

だからシャワーを浴びている可能性もある。

期待が大きすぎると、叶わなかったときのショックが大きい。そのため、亮一は高望みをしないことにした。そのくせ気になって、そわそわと落ち着かない。

もう一度ソファに坐り直し、十分ほど経って恵理子が戻ってきた。

「あっ」

彼女を見て、思わず声をあげる。なんと、裸体にバスタオルを巻いただけの格好だったのだ。肩に光る雫は、シャワーを浴びていた名残であろう。

「こっちに来て」

頬を赤らめた彼女が、リビングの隣の部屋へ誘う。亮一は急いで立ちあがった。

隣は和室で、普段は使われていないらしく、家具も何もなかった。畳もまだ青く、い草の香りがほのかに漂う。

恵理子は押し入れから蒲団を出して敷き、シーツも整えた。これはもう、最後まで期待してもいいのではないか。

「亮一も脱いで」

簡潔な命令に、即従う。いよいよなのだと、昂奮で頭に血が昇るのを感じた。

素っ裸になると、ペニスは早くも上向いていた。そこをチラッと見てから、彼女が蒲団に顎をしゃくる。

「そこに寝て」

急いで仰向けに寝そべり、亮一は恵理子を見あげた。おそらく、飢えたケモノのような目をしていたであろう。

彼女はわずかにためらってから、バスタオルをはずした。

（ああ……）

感動で、胸がいっぱいになる。

初めて目の当たりにする、叔母のオールヌード。三十路の人妻と、二十二歳の処女の裸体を見たあとでも、鮮烈な輝きを放っていた。

張りを失っていない乳房も、ウエストから腰回り、太腿にかけての艶めかしい曲線も、湿って恥丘に張りついた秘毛も、何もかもが麗しい。

「そんなにジロジロ見られたら、恥ずかしいわ」

軽く睨んで、恵理子が膝を折る。亮一の隣に身を横たえ、添い寝してくれた。

「う――」

お腹を優しく撫でられて、たまらず声が洩れる。ほんの軽いタッチなのに、やけに快かったのだ。

「亮一は、わたしに童貞を卒業させてほしいって言ったわよね」

「うん……」

「そのお願い、叶えてあげてもいいわ」

「本当に？」

喜びが胸に、表情に満ちあふれる。生まれてきて、ここまで嬉しかったことが過去にあっただろうか。

「だけど、童貞を卒業したら、それでおしまいだからね」

「え？　あ、ああっ」

亮一は息をはずませ、腹部を波打たせた。恵理子の手が下降して、脈打っていた牡のシンボルを握ったのだ。

「こうやって、オチンチンを気持ちよくしてあげるのも、今日が最後よ」

強ばりをゆるゆるとしごきながら、彼女が顔を覗き込んでくる。優しい面差しながら、目は真剣だった。

（つまり、セックスをしなければ、今後もチンポをさわるのは有りってこと？）

一度限りの、最高の快楽を取るのか。それとも、長く愉しめるほうを選ぶべきか。悩んだのは、ほんのわずかな時間だった。

「うん、それでもいい。おれ、恵理子さんとしたい」

真っ直ぐに告げると、彼女がうなずいた。

「……目、つぶって」

言われたとおりに瞼を閉じる。顔の前に何かが近づく気配があった。

ふに——。

唇に、柔らかなものが押しつけられる。

(恵理子さんとキスしてる)

亮一はうっとりして、裸身を波打たせた。

唇を割って、恵理子の舌が侵入してくる。嬉々として受け入れると、清涼な唾液も流れ込んできた。

ピチャ……。

ふたりの舌が戯れあい、小さな水音がこぼれる。

くちづけを交わしながら、彼女がペニスをしごいてくれる。最初は遠慮がちだったが、雄々しく脈打つのに煽られたのか、徐々に動きが速くなった。

当然ながら、快感がふくれあがる。

溢れたカウパー腺液が包皮に巻き込まれ、クチュクチュと粘つきをたてる。それが妙に恥ずかしくて、亮一は耳が熱くなった。己《おのれ》の浅ましさを知られた気がしたのだ。

唇が離れる。ふたりのあいだに、唾液の糸が一瞬だけ繋がった。

「亮一のオチンチン、すごく硬いわ」

目許を赤らめた叔母は、これまでになく色っぽい。濡れた眼差しにも吸い込まれそうで、亮一は息をはずませて身をよじった。

「だって、恵理子さんの手が気持ちいいから」

「手だけ？」

「ううん。キスも気持ちよかった」

「まあ」

はにかんだ笑みをこぼした彼女が、再び美貌を接近させる。今度は唇ではなく、頬やおでこ、鼻の頭にも軽いキスを浴びせた。まるで、愛《いと》おしくてたまらないというふうに。

愛されているのを感じて、亮一は泣きたいぐらい嬉しかった。それでいて、快い刺激を受ける分身は、欲望まみれの脈打ちを示す。

「え、恵理子さん、もう」

早くも昇りつめそうになり、亮一は歯を食い縛って耐えた。

「出そうなの？」

肉根の指がはずされ、真下の急所に触れる。包み込むようにして、そっと揉んでくれた。

「あ、ああ、ううう」

腰の裏がゾクゾクする快さに、堪えようもなく声が出る。

「イキそうなのね。タマタマも固くなってるわ」

牡の急所を愛撫して、絶頂が近いとわかったようだ。恵理子は再びペニスを握り、リズミカルに摩擦した。

「あ、あ、恵理子さん」

「いいわよ。イッちゃいなさい」

一度放出させて、落ち着かせるつもりらしい。そのほうが挿入後も長く持つだろうから、亮一としても有り難かった。

彼女は脚を絡みつかせ、全身で密着してくれる。シャワーのあとでしっとりした肌にも、官能を高められる心地がした。

「恵理子さん、いく、いっちゃうよ」

いよいよ危うくなったところで、唇を塞がれる。深く差し込まれた舌が、口内を這い回った。

「むーーむふッ」

太い鼻息がこぼれる。キスをされることで、手淫奉仕の快感が爆発的に高まった。

「むううう、むふふぅ」

目のくらむ歓喜に全身を暴れさせ、亮一は悦楽の高みで勢いよく射精した。

びゅくんッーー。

しゃくり上げた分身が、熱い固まりを吐き出す。それは幾度にも分けて腹部に飛び散った。

その間も、柔らかな手は肉棹をしごき続け、舌も口の中で動き回る。おかげで亮一は深い悦びにひたり、精が尽きるまで体液をほとばしらせた。

3

ぐったりした甥っ子を残し、恵理子が和室を出る。しばらくしてティッシュのボックスと、濡れタオルを手に戻ってきた。

「すごくいっぱい出たわね」

彼女が脇に膝をつき、腹部にのたくるドロドロした牡汁を、薄紙で拭い取る。それから、湿ったタオルでベタつく肌を清めた。

（……なんて優しいんだ、恵理子さん）

最初に絶頂へ導かれたときも、こうして甲斐甲斐しく世話をされたのだ。申し訳なくも心地よくて、無性に甘えたくなる。

「うう」

軟らかくなった秘茎も、くびれまで丁寧に拭かれる。さらに陰嚢や、汗で蒸れやすい太腿の付け根部分も綺麗にしてくれた。

そうやって後始末をされても、室内には青くさい残り香があった。もともとあった畳の匂いをかき消すほどに。

「さてと」

タオルを脇に置き、恵理子がペニスを摘まむ。恥じ入るように縮こまったため、亀頭は包皮に隠れていた。

「可愛くなっちゃったわね」

つぶやくように言い、彼女が包皮を剝く。あらわになったピンク色の亀頭に目を細め、クスッと笑みをこぼした。

不思議なもので、勃起したものを観察されるより、今のほうが恥ずかしい。早く復活させたいものの、そこはもうくたびれたと拗《す》ねるみたいに、膨張を拒否していた。

恵理子が顔を伏せる。手にした柔茎を口に入れ、舐め回した。

「あううう」

強烈なくすぐったさに、亮一は身をよじった。呼吸が荒ぶり、少しもじっとしていられない。

ひくり——。

海綿体がストライキを解除し、血液を受け入れる。ムクムクと伸びあがるのが、見えなくてもわかった。

「ふう」

ふくらんだ牡棒を解放し、恵理子がひと息つく。唾液に濡れたそれは、八割がた回復していた。

「すぐ元気になるのね」

悩ましげに眉根を寄せ、横目で亮一を見る。

「おれが元気なんじゃなくて、恵理子さんが元気にしてくれたんだよ」

言い訳ではなく事実であったが、彼女は咎めるように筒肉を強く握った。

「ひとのせいにするんじゃないの」

クレームをつけ、恵理子が再び顔を伏せる。またしゃぶってくれるのかと思えば、彼女が口をつけたのは牡の急所であった。

そこは秀美も舐めてくれた。けれど、シックスナインをしながらだったので、軽く舌を這わせるぐらいだったのだ。

ところが、恵理子はねっとりとねぶり、中の睾丸ごと袋を含むことまでする。さすがにふたつ同時には無理で、ひとつずつ順番にだったが、舌で転がされるのはタマらなく気持ちよかった。

「ああ、え、恵理子さん」

申し訳ないのに脚を大きく開き、無意識にもっとしてと求めてしまう。

叔母の舌は、嚢袋と太腿の境界部分にものばされた。汗と匂いが溜まりやすいところをチロチロとくすぐられ、反射的に尻の穴を引き絞る。濡れタオルで清められたあとでも申し訳なく、罪悪感がこみ上げた。

それでいて、彼女に握られた陽根は最大限に膨張し、はしゃぐように脈打つのだ。

「ね、ねえ」

一方的に施しを受けるのは心苦しく、亮一は頭をもたげて声をかけた。

「え、なに？」

「おれも……恵理子さんのアソコを舐めたい」

告げるなり、美貌が朱に染まる。

「そ、そんなことしなくてもいいわよ」

「ううん。よくない。いっしょに気持ちよくならなくちゃ、意味がないんだ」

是が非でもと目で訴えると、恵理子が迷いを浮かべる。後ろに突き出されたヒップがもじもじと揺れたから、実は彼女も舐められたいのではないか。事前にシャワーを浴びたのだって、こうなることを予見してだったのかもしれない。

「お願い。舐めさせて。おれの上に乗って、おしりをこっちに向けて」

相互口淫の体位を求めると、頬がいっそう赤くなる。

「そんなの、恥ずかしすぎるわ」

「でも、おれだって恥ずかしいんだし、おあいこだよ」

お互い様であることを訴えると、彼女が渋々というふうに腰を浮かせる。

「あ、あんまり見ないでよ」

と、到底無理な注文をつけてから、逆向きで亮一の胸を跨いだ。

（うわぁ）

たわわな丸みが目の前に迫り、亮一の胸は感動で震えた。

なんて素敵なおしりなんだろう。綺麗な球体は、肌もなめらかで瑞々《みずみず》しい。巨大なお餅かマシュマロか、見るだけで柔らかさが伝わってくる。今にも落っこちてきそうな迫力にも、エロチックな情動が高められた。

谷間にほころぶ淫華にも目を惹かれる。そこは前にもじっくりと観察したが、向きが異なるせいか妙に新鮮だ。すぐ上にある可憐なアヌスとセットで、いやらしさが何倍にも増していた。

おまけに、秘肉の合わせ目が、じっとりと濡れていたのである。

（これ、シャワーの名残じゃないよな）

ボディソープの香りがするから、短時間にしっかりと洗い清めたようだ。前にあれもない匂いを嗅がれて懲《こ》りたのであろう。

にもかかわらず、かすかな媚臭が感じ取れた。亮一と唇を交わし、射精に導いたことで昂ったのではないか。

肉体は女の反応を示し、劣情の蜜を溢れさせている。開いた花弁の狭間に覗く、ピンク色の粘膜も淫らにヌメり、膣口が物欲しげにすぼまっていた。

亮一は矢も楯もたまらず豊臀を両手で掴み、自らのほうに引き寄せた。

「キャッ」

恵理子が悲鳴をあげる。どうにか堪えようとしたらしいが、不安定な姿勢では無理だったろう。甥っ子の顔面に、勢いよく尻を落とした。

「むううう」

柔らかな重みをダイレクトに受け止め、反射的に呻く。濡れたものが口許を塞ぎ、息ができなくなった。

「ば、バカ。乱暴にしないで」

叱られても反省せず、逃げようとするヒップを捕まえる。フガフガと鼻を鳴らし、ひそんでいた牝臭を酸素代わりに深々と吸い込んだ。

「うう、へ、ヘンタイ」

甥っ子をなじり、恵理子は言うことを聞きなさいとばかりに、漲る牡器官を口に含んだ。

ちゅぱッ——。

吸い音が聞こえたのと同時に、甘美な電流が体感を貫く。

「むふっ」

快さに目がくらみ、亮一は鼻息を吹きこぼした。一矢報いるべく、舌を恥割れに差し入れる。

内側には、粘っこい愛液が溜まっていた。それを舌で掬《すく》い取り、ぢゅぢゅッと派手な音を立ててすする。

「むふふぅ」

恵理子も肉根を頬張ったまま呻いた。

最初にクンニリングスをしたとき、彼女のラブジュースは少ししょっぱかった。洗ってなかったから、雑味が混じっていたのかもしれない。

けれど、今は甘みが感じられる。これが本来の味なのかと、またも叔母の秘密を暴いた気がして嬉しくなった。

（もっと飲みたい）

女芯を吸い、蜜汁の湧出を促す。こうしたらどうだろうと、膣口に舌を挿《い》れて動かすと、もっちりした尻肉が強ばった。

「ぷはッ」

息が続かなくなったのか、恵理子がペニスを吐き出した。

「そ、それダメぇ」

あられもない声が響き渡ったので、怯みそうになる。

（え、こっちのほうが感じるのか？）

前のときには、クリトリスを徹底して責めたら昇りつめたのである。だが、今のほうが、より深い悦びを得ているようだ。

（そうか。旦那さんとセックスをして、膣が感じるようになったんだな）

結婚して夫と何度も交わったことで、肉体が性の歓《よろこ》びに目覚めたのではないか。そんな事実を目の当たりにし、胸が嫉妬に焦がれる。

負けてなるものかと、亮一は舌を男根に見立てて、気ぜわしく出し挿れした。

「あ、あ、あ、い、いやぁ」

などと言いながら、からだは少しも嫌がっていない。むしろ悦楽の反応を著しくし、いやらしく悶える。

亮一の目には、ヒクヒクと収縮する秘肛が映っていた。秀美のそこを舐めたら、悩ましげな反応を見せたことを思い出す。

（恵理子さんも、おしりの穴が感じるのかな？）

だが、同じように舐めたら、強く拒絶される気がした。恵理子は秀美ほど奔放ではない。それに、舌は蜜穴に付きっきりなのである。

ならばと、指で愛液を掬い取り、愛らしいツボミをヌルヌルとこする。

「イヤイヤ、ば、バカぁ」

予想どおり非難されたものの、心から拒んでいるふうではなかった。むしろ、舌ピストンとの相乗効果で、快感が高まっているようである。

(やっぱりここも気持ちいいみたいだぞ)

指と舌をシンクロさせ、二穴を同時に責める。もはやフェラチオをする余裕をなくしたようで、恵理子は屹立に両手でしがみつき、ひたすら喘ぐばかりであった。

唾液で濡れた亀頭に、温かな息が吹きかかる。それにもゾクゾクし、亮一は舌と指の奉仕を続けた。

「あああ、そ、そんなにしたら……いやぁ、ヘンになっちゃう」

どうかヘンになってほしいと念じつつアヌスをいじり、舌で狭穴を犯す。滾々《こんこん》と溢れる愛液と唾液で、陰部も口のまわりもベタベタだった。

「ね、ね、ちょっとストップ。い、イッちゃいそうなの」

声を震わせての要請を、素直に聞き入れるはずがなかった。なぜなら、イカせることが目的だったのだから。

(よし、もうすぐだ)

舌の根が痛むのもかまわず、クチュクチュと抽送《ちゅうそう》する。膣感覚に集中させたほうが絶頂しやすいのではないかと考え、肛門の指をはずした。

実際、それから二十秒とかからず、人妻は頂上へ至った。

「イヤイヤ、イッちゃう、イクッ、イクイクイクぅ」

アクメ声をほとばしらせ、恵理子が裸身を暴れさせる。亮一はどうにか熟れ尻にしがみつき、甘い蜜をじゅるじゅるとすすった。

「あふッ！」

喘ぎの固まりを吐き出し、女体が脱力する。年下の男の上で、ぐったりして動かなくなった。

（イッたんだ、恵理子さん……）

最初のときよりもはっきりした反応を得られたことで、大いに満足する。

唾液と愛液にまみれた恥芯は、小陰唇が腫れぼったくふくらみ、満開の様相を呈していた。舌で抉《えぐ》られた蜜穴も開いて、洞窟を見せつける。早く硬いチンポを挿れてと、せがんでいるかのようだ。

淫らな眺めの性器とは裏腹に、アヌスは可憐な佇まいを維持していた。濡れて赤みこそ帯びていたものの、放射状のシワは少しの乱れもない。キュッと引き締まって、何者をも侵入させまいと堅くガードしているかに映る。

そのため、余計にちょっかいを出したくなった。

亮一は人差し指をのばし、中心をそっと突いた。すると、ツボミが焦ったようにすぼまる。磯《いそ》の生物に悪戯したときみたいな反応だ。

今度は指先をくるくる回して刺激すると、丸まるとした臀部がくすぐったそうに悶える。筋肉が強ばり、丸みに浅いへこみをこしらえた。

そこまでされて、さすがに恵理子も黙っていられなくなったらしい。

「ちょっと、何してるのよ？」

疲れ切った声で文句を言い、腰を重たげに浮かせる。亮一の脇にぺたりと尻をつくと、肩を大きく上下させた。

「どうしておしりの穴なんかさわるのよ？」

咎める目つきに、まずかったかなと首を縮める。

「あの……そこも気持ちいいっていうから」

「そんな知識、どこで仕入れたの？」

秀美とのことを教えるわけにはいかないから、

「ええと、アダルトビデオで」

亮一は無難な答えを返した。

「そんなものばかり見てるから、間違った知識ばかり頭に入って、ヘンタイなことをするようになるのよ」

年上らしいお説教に、胸の内で反論する。

(間違ったっていうわりに、おしりの穴をいじられて感じてたみたいだけど)

もちろん、思うだけで口には出さない。亮一は起き上がり、「わかった」と反省したフリをした。

「まったく……だからビデオじゃなくて、本物で学ばなくちゃいけないの」

それは、童貞の甥っ子と交わるのは間違っていないのだと、自らに言い聞かせているようにも受け取れた。

「じゃあ、女のからだを教えてあげるわ」

「うん。お願いします」

改まった返事に苦笑しつつ、恵理子が蒲団に横たわる。両膝を立てて脚を開き、

「来て」

と、亮一を招いた。

(ああ、いよいよだ)

胸を高鳴らせながら、成熟したボディにのしかかる。とっくに童貞は卒業したのに、

初めての行為に及ぶ気がした。

（いや、おれは童貞なんだ。恵理子さんに――大好きなひとに、おれの初めてを捧げるんだ）

自身に暗示をかけることで、本当にそうなのだと思えてくる。

上になった亮一の背中を、恵理子が優しく撫でてくれる。

「重くない？」

気遣うと、彼女は首を横に振った。

「全然。あのね、女性は力はないけど、こういうのは平気なのよ」

そういうものなのかと、叔母に言われると素直に納得できた。

「ね、キスして」

求められるまま、唇を重ねる。最初は軽く吸うだけのおとなしいくちづけだったが、亮一のほうから舌を差し入れたのをきっかけに、深く貪りあった。

「ふは……」

長いキスを終えると、恵理子が息をつく。目許が赤い。

「キス、じょうずになったわね」

「そう？」

「ええ。それに、顔つきも男らしくなったみたい」

亮一はドキッとした。すでに童貞ではないことを、見破られたというのか。

「おれ、まだ男になってないよ。これから恵理子さんに、男にしてもらうんだから」

初めてであることを強調すると、彼女が「そうね」とうなずく。ふたりのあいだに右手を入れ、牡のシンボルを握った。

「これを、わたしが男にしてあげるのね」

感慨深げに言ったから、バレていたわけではないのだ。

「うん。おれ、今日のこと、一生忘れないから」

「大袈裟ね。まだしていないのに」

目を細めた恵理子が、強ばりを中心に誘う。本当にこれが初めてでも、きっと焦ることなく安心できたと信じられる、優しい導きだった。

「カチカチね。元気だわ」

筒肉を軽くしごいてから、尖端を濡れたところに密着させる。上下に動かし、ヌルヌルした愛液をたっぷりとまといつかせた。

「もう少し来て」

「うん」

言われるままに進むと、亀頭の半分近くまでが温かな潤みにひたる。

「これでいいわ」

屹立の指がほどかれる。あとはひとつになるのみだ。

「さ、挿れて」

「うん」

亮一は深く息を吸い、腰を深く沈めた。

ぬぬぬぬ――。

ペニスが抵抗を受けることなく、濡れ穴を侵略する。

「あ、あ」

ヌルヌルとすべる感触がたまらなく、亮一はのけ反って声をあげた。

「あふぅ」

恵理子も切なげに喘ぎ、ふたりの陰部が重なる。次の瞬間、分身が甘美な締めつけを浴びた。

（やった。入った）

彼女の中は、なんて快いのだろう。柔らかなヒダがまといつき、キュッキュッと締めてくれる。このまま動かずともイッてしまいそうだ。

（おれ、やっと恵理子さんと結ばれたんだ）

最愛の叔母とひとつになり、感激の涙が溢れる。

「え、痛いの？」

驚いた声が耳に入り、亮一は慌てて目許を拭った。

「ち、違うよ」

「だったら、どうして泣いてるのよ？」

「嬉しいからだよ。大好きな恵理子さんと、初体験ができたんだもの」

喜びを真っ直ぐ伝えると、彼女が顔をしかめる。

「まったく、大袈裟なんだから、亮一は」

やれやれという顔を見せたものの、それは照れ隠しであったろう。

「これがセックスなのよ。気持ちいい？」

「うん。最高だよ」

「ね、約束して」

「え？」

「これから頑張って、ちゃんと恋人を作ること。いつまでもわたしのおしりばかり追っかけ回すんじゃなくて、素敵な女の子とお付き合いするのよ」

せっかく結ばれたのに、そんなことを言わなくてもいいじゃないかと不満を覚える。しかし、恵理子の言っていることは正しいのだ。

「わかった。約束する」

きっぱり答えると、美貌が愛らしくほころんだ。

「いい子ね」

愛してやまなかった笑顔に、胸が締めつけられる。

「それから、彼女ができて、こういうことをするようになったら、ちゃんと避妊するのよ。女の子はデリケートなんだから、いたわってあげて」

「うん、そうする」

「でも、今はこのまま中でイッてもいいわ」

「え、本当に？」

「せっかくの初体験なんだもの。気持ちよくなって、いっぱい出しなさい」

嬉しい言葉に、また泣きそうになる。だが、もう涙は見せられないと、亮一は恵理子の首に顔を埋めた。

「うん……ありがとう、恵理子さん」

「どういたしまして」

冗談めかして答えた彼女を抱きしめ、亮一は腰を振った。

正常位は和音と体験したものの、あのときは繫がったまま果てたのだ。よって、ピストン運動は初めてである。当然ながら覚束《おぼつか》なく、端から見ても尻をヒコヒコと上下させるだけで、かなりみっともなかったのではないか。

それでも、試行錯誤することで、少しずつマシになったようだ。

「あ、あ、ああっ」

恵理子が艶声をはずませる。それにも励まされ、腰振りの幅が大きくなった。速度もあがる。

「き、気持ちいいわ。とっても」

それはただの励ましではなく、本当に感じてくれているようだった。

できればセックスでも恵理子をイカせたかった。しかし、初めての未熟な腰づかいで、成熟した女体をオルガスムスに至らしめるのは困難だ。その前に、亮一自身が限界を迎えた。

「うう、え、恵理子さん」

情けない声を洩らすと、背中を慈しむようにさすられる。

「いいわよ。イキなさい」

「あ、あ、あ、出る。いく――」

目のくらむ快感に負け、亮一は激情の滾《たぎ》りをドクドクと放った。

4

休日、恵理子が喜び勇んでやって来た。

「ねえ、見て。チャンネルの登録者が、こんなに増えたのよ」

スマホの画面を押しつけるみたいに見せ、昂奮冷めやらぬ口調で報告する。

「へえ、すごいね」

亮一は目を丸くしたものの、毎日チェックしていたから、とうに知っていたのである。驚いたフリをしたのだ。

それでも、恵理子は満足げだった。

「動画の再生回数も伸びてるし、これなら広告収入だけで暮らすのも、夢じゃないかもね」

などと、すっかり有頂天になっている。

登録者が増えたといっても、まだ三桁なのだ。アップした動画は五本で、最も再生回数が多いものでも、千回に到達していない。稼げるようになるのは、ずっと先であろう。

しかしながら、ひょんなことで評判になり、一夜にしてブレイクするのがネットの世界だ。続けていれば、いつかは日の目を見る可能性だってある。

とは言え、恵理子がみんなから注目されることを、亮一は望んでいなかった。むしろそうならずに、自分だけの叔母であってもらいたかった。

「だけど、わたしのチャンネルの名前、このままでいいかしら？」

恵理子が不満げな顔を見せる。亮一が提案し、絶対にこれがいいと押し切ったそれは、『えりこの人妻相談室』という、どストレートなものだった。

「変える必要はないと思うけど。実際、登録者も増えているんだから」

「でも、なんだかヒワイな感じがしない？　エッチなビデオとかにありそうなタイトルだもの」

「だからいいんだよ。ちょっとエッチなぐらいが興味を引くんだから。それでいて内容は真面目だから、ギャップで受けてるんだよ」

「そういうものかしら？」

彼女はまだ合点がいかないふうである。

だが、前に秀美が言ったとおり、高尚な動画よりも、下品でくだらないもののほうがよく見られる傾向があるのは事実だ。恵理子は相談者の悩みを真剣に聞き、真面目に答えているのだから、タイトルで視聴者を釣るしかないのである。

「まあ、でも、とりあえずうまくいってるのは、亮一のおかげなんだものね。わたし、すごく感謝してるのよ」

亮一は撮影から編集まで、すべて手がけていた。当然、余暇を利用してやっている。会社では雑用ばかりだから、自分で動画が作れるのは楽しくて、やり甲斐もあった。

何より、恵理子と一緒にいられる時間が増えたことが嬉しい。

「ところで、相談の依頼はどれぐらい来てるの？」

「えっと、もう五十件ぐらい集まってるかしら」

「え、そんなに？」

「今、使えそうなのを選んでいるところ。まあ、相変わらず、冷やかしみたいなのが多いんだけどね。それに、相談に乗りにくいのも増えてるし」

「え、どういうやつ？」

「セックスの悩みよ」

ストレートに言われ、亮一はうろたえた。

「だけど、真剣に悩んでるのなら、そういうのもいいんじゃないのかな」

「真剣ならね。でも、恵理子さんとヤリたいなんて、いやらしいのが多いの」

どうやら人妻というタイトルに釣られたらしい。やれやれという顔を見せた彼女が、咎めるように睨んでくる。

「まあ、最初に受けた亮一の悩みも、似たようなものだったけど」

亮一はムッとした。匿名《とくめい》のネットでしか自己主張のできない、臆病で野卑な連中と一緒にされたくなかった。

「全然違うよ。おれは真剣だったんだから」

「わかってるわよ」

恵理子が話を逸らすみたいに、部屋の中を見回す。以前と比較すれば片付いているのに感心したようで、

「偉いわ。ちゃんと掃除をしてるのね」

と、褒めてくれた。

「まあね」

「これならいつでも、女の子を部屋に呼べるわね」

何気に言われたことに、亮一はドキッとした。

(え、バレてないよな)

実は、生まれて初めて彼女ができたのである。相手は後輩の和音だ。

結ばれたあとで恵理子と約束したこともあり、ちゃんと恋人を作らなければと、亮一は思い切って和音に交際を申し込んだ。秀美は人妻だし、他にアプローチできる異性がいなかったのだ。

あのとき、和音は処女を捨てたくて、亮一とセックスしたのである。恋愛感情が高まっての行為ではない。よって、交際するつもりはないと断られる恐れもあった。

ところが、意外にもすんなりＯＫしてくれた。もともと好意を持ってくれていたのか、それともからだを繋げたことで情が湧いたのかは、わからないけれど。

ふたりともそれまで、男女交際未経験だった。そのせいで、すでに肉体関係があるのに、いざ付き合いだしたら何もできずにいる。手を繋ぐのもドキドキしてためらうぐらいで、中学生同士のカップルでもいないような純情っぷりだ。

ただ、いずれ関係が深まったら、今度は激しく求め合うようになるかもしれない。それまでの反動で。

ともあれ、和音のことは、まだ恵理子に話してなかった。子供っぽいデートしかしていないし、恋人だと紹介するのが恥ずかしかったのだ。

当然ながら、まだ部屋にも呼んでいない。恋人の痕跡はないはずだが、女性の勘は鋭い。恵理子は年上で人生経験も豊かだし、何か見抜いても不思議ではなかった。

しかしながら、それは杞憂《きゆう》だったようだ。

「それで、彼女はできそうなの？」

首をかしげて訊ねられ、亮一はホッとした。

「ああ、うん。まだ……」

「しっかりしなさいよ。わたしがせっかく童貞を卒業させてあげたんだから、もっと自信を持ちなさい」

言われて、亮一は肩をすぼめた。すでに彼女がいることを悟られないよう、唇を情けなく歪めると、

「またそんな顔して」

恵理子がやれやれというふうに眉をひそめる。

「いいわ。そこに寝なさい」

「え？」

「亮一にはいろいろとしてもらってるし、お礼も含めて慰めてあげる」

「慰めるって……」

「いっぱい溜まってるんじゃないの？　ほら、下を脱いで」

あられもない発言にも驚かされる。どうやら性的な施しをしてくれるらしい。

（え、あのときが最後って言ったのに）

自分で言ったことを、彼女は忘れてしまったのか。というより、亮一の情けない顔を見て、憐憫に駆られたようである。

（恵理子さんって、母性本能をくすぐられるたちなのかも……）

最初のときも、亮一が泣いたものだから、抱きしめてくれたのだ。もちろん、誰にでも同じようなことをするわけではなく、甥っ子限定なのであろうが。

いや、絶対にそうであってほしい。彼女は自分だけの、優しい叔母さんなのだ。

下半身すっぽんぽんになって畳に横たわると、脇に恵理子が膝をつく。戸惑いが大きく、まだふくらみかけの秘茎を摘まみ、包皮をつるりと剝いた。

「あうう」

くすぐったい快さに、腰がビクンとわななく。そこはたちまち血流を呼び込み、雄々しくそそり立った。

「ほら、すぐに大きくなるじゃない。やっぱり溜まってたのね」

なじりながらも、頰が緩んでいる。口調もどこか嬉しそうだ。

「だって、恵理子さんが気持ちよくしてくれるから」

「あら、ちょっとさわっただけじゃない」

五本の指が筒肉に巻きつく。しっとりと包み込まれる感触に、亮一はのけ反って喘いだ。

「あ、あ、ホントに気持ちいい」

「すごいわ、また硬くなったみたい」

握り手が上下し、極上の快感を与えてくれる。もう一方の手が陰嚢にも添えられ、いたわるように揉んでくれた。

「うう、う、あ——え、恵理子さん」

「そんなに気持ちいいの？　いいわよ。いっぱい出しなさい」

リズミカルに摩擦される分身が、歓喜の痺れを帯びる。

(和音ちゃんのことは、しばらく恵理子さんには黙っていよう)

そうすれば、またこれをしてもらえるはず。もしかしたらセックスも許されて、今度こそ恵理子を頂上に導けるのではないか。

亮一は快い流れに漂いつつ、ずるいことを考えるのであった。


（了）

＊本作品はフィクションです。作品内の人名、地名、
団体名等は実在のものとは関係ありません。

長編小説
秘密《ひみつ》の人妻《ひとづま》ちゃんねる
橘《たちばな》 真児《しんじ》
2020年10月27日　初版第一刷発行

ブックデザイン……………………… 橋元浩明(sowhat.Inc.)

発行人……………………………………… 後藤明信
発行所……………………………………株式会社竹書房
〒102-0072　東京都千代田区飯田橋２－７－３
電話　03-3264-1576（代表）
03-3234-6301（編集）
http://www.takeshobo.co.jp
印刷・製本………………………… 中央精版印刷株式会社

■本書の無断複写・複製・転載を禁じます。
■定価はカバーに表示してあります。
■落丁・乱丁の場合は当社までお問い合わせ下さい。
ISBN978-4-8019-2426-0　C0193
©Shinji Tachibana 2020　Printed in Japan